Oka Rusmini

Erdentanz

Roman aus Bali

Aus dem Indonesischen von Birgit Lattenkamp

HORLEMANN

Verwandtschaftsverhältnisse der Protagonisten

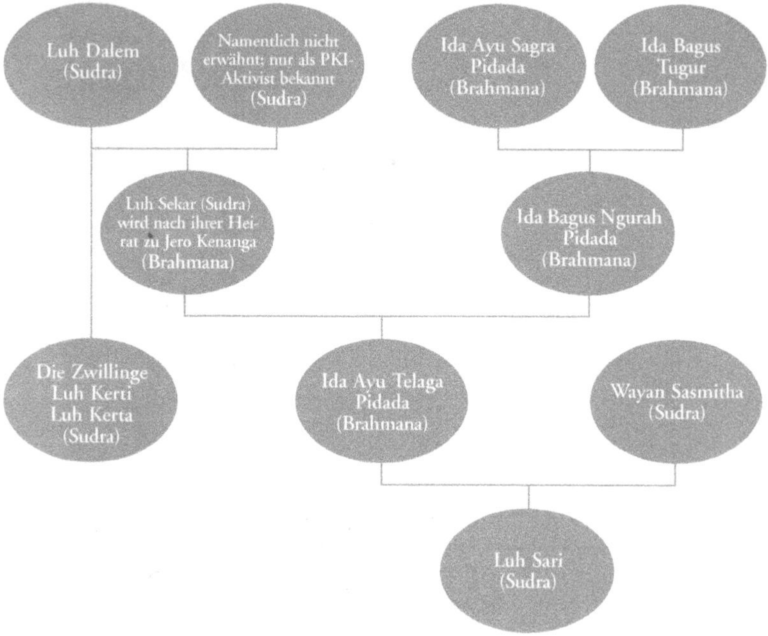

Kapitel 1

»Meme! ... Meme!«

Luh Saris Stimme ließ Telaga zusammenzucken.

»Sari, wie oft habe ich dir schon gesagt, du sollst nicht ständig so herumschreien! Komm erst einmal herein, dann kannst du immer noch erzählen.«

Telaga gab dem Mädchen einen leichten Klaps auf die Wange. Das Kind lächelte und setzte sich unbekümmert auf den Schoß seiner Mutter. Sorgfältig wischte es sich den Schweiß von der Stirn und berührte mit seiner zarten Hand die Wange der Frau.

»Was hast du denn heute mitgebracht? Hast du schon wieder etwas gewonnen?«

»Ja, heute haben wir in der Schule einen Wettbewerb im Schnelllesen gemacht.«

»Und das sind wirklich alles deine Preise? So viele?« Telaga strich ihrer Tochter über das Haar und unterdrückte einen Seufzer.

»Ja«, antwortete Luh Sari und versuchte mit großen Kulleraugen, ihre Mutter zu überzeugen. »Die habe ich alle vom Schulrat bekommen. Er ist sehr stark und sieht gut aus, Meme, und er ist nett. Leider hält er immer etwas

Abstand zu mir. Dabei habe ich schon so oft versucht, ihn auf mich aufmerksam zu machen. Weißt du, Meme, einmal habe ich mir einfach seine Hand geschnappt und sie geküsst. Da hat er die Augen aufgerissen und mich so komisch angeschaut. Lustig, oder?«

Luh Sari kicherte, warf übermütig das Bündel mit den Preisen hoch in die Luft und drehte sich im Kreis. Dabei hob sich ihr Rock und brachte zwei zierliche Beine zum Vorschein.

Telagas Augen füllten sich mit Tränen. Wenn die Kleine doch nur wüsste, um wen es sich bei dem Mann handelte, dessen Aufmerksamkeit sie so eifrig zu erregen versuchte. Wie sehr würde Sari sich freuen, all ihren Cousins und Cousinen lautstark mitteilen zu können, dass sie ein Mädchen von guter Herkunft und Nachkomme einer angesehenen Person war. Telaga seufzte. Nur dieses Kind mobilisierte ihren Lebenswillen. Durch das erfrischende, muntere Lachen Luh Saris fühlte sich Telaga plötzlich wie in eine andere Welt getragen.

Das Mädchen hüpfte weiter ausgelassen umher, bis es schließlich völlig verschwitzt wieder auf den Schoß seiner Mutter zurückkehrte. Dort ließ es seine Beine hin und her baumeln, während es ungestüm die Wangen der Mutter küsste und tätschelte. Verwundert musterte sie deren feuchte Augen. Da nahm Telaga Luh Saris Hände in die ihren und küsste sie liebevoll. Die Kleine, deren Augen von Tag zu Tag bezaubernder wurden, schenkte ihr ein strahlendes Lächeln und umarmte sie ganz fest. Beim Anblick ihrer Tochter war Telaga versucht, ihr fest

in die runden Bäckchen zu kneifen und so lange an ihrem schmalen Näschen zu ziehen, bis es rot würde.
Telagas große Hoffnung war es, dass Luh Sari einmal in der Lage sein würde, ihr ein Zuhause zu geben. Ebenso wünschte sie sich, dass sich ihre Tochter zur hübschesten Tänzerin des Dorfes entwickeln würde, einer Tänzerin, die all die Schönheit der Göttinnen des Tanzes besäße.
»Was wünschst du dir vom Leben?«, fragte Telaga und küsste sanft die Wange ihres Kindes.
»Ich werde fleißig lernen, Meme. Wenn ich groß bin, verlassen wir Großmutter. Du kannst bei mir leben, und ich werde für dich sorgen. Ich werde ein schönes Haus für dich bauen. Es wird einen Garten haben, darin kannst du so viele Blumen pflanzen, wie du willst. Du kannst ...«
Die Wünsche sprudelten nur so aus Luh Sari heraus.
Die Worte des Mädchens machten Telaga nachdenklich. Sie hatte dieses siebenjährige Kind bereits auf die möglichen Schwierigkeiten des Lebens vorbereitet. Es war geradezu ihre Pflicht, die Kleine zu beschützen, die das stille Leid ihrer Mutter lediglich erahnen konnte. Telaga quälte sich ständig mit Selbstvorwürfen. Es kam ihr manchmal vor, als kämpfe sie gegen sich selbst. Die Träume, die sie einst gehegt hatte auf ihrem Weg, eine richtige Frau zu werden, schienen ihr mehr und mehr zu entgleiten. Immer hatte sie versucht, bei den wichtigen Entscheidungen ihres Lebens auf die Stimme ihres Herzens zu hören. Seltsamerweise aber zitterte Telaga jedes Mal am ganzen Körper, wenn sie sich selbst von der Richtigkeit ihrer Wahl überzeugen wollte.

Unvermittelt kam ihr wieder die Vergangenheit ins Bewusstsein.

***

Alle Leute im Dorf waren sich einig: Den Oleg konnte niemand besser tanzen als Ida Ayu Telaga Pidada.
Oleg, dieser Tanz, der über das Entfachen der Liebe und die erotische Spannung zwischen Mann und Frau erzählt. Begierde und spielerischer Stolz ringen miteinander um die Oberhand, jedoch trägt keiner von beiden den absoluten Sieg davon. Stattdessen gebiert ihr Wettstreit eine sich bis an die Grenze der Wildheit steigernde Leidenschaft. Ein erotischer Duft erfüllt die Luft, mit jeder Berührung des tanzenden Paares scheinen sich Funken der Erregung zu entzünden und auf das Publikum überzuspringen.
Wenn Telaga tanzte, war es, als habe ihr die ganze Götterwelt samt ihrer Schöpfung ihren Segen erteilt.
»Weil sie eine Brahmana ist, haben ihr die Götter Taksu verliehen, eine innere Kraft, die nicht mit bloßem Auge zu erkennen ist. Außergewöhnlich. Seht nur! Wenn sie tanzt, starren alle wie gebannt auf ihren Körper, verschlingen ihn förmlich. Wieviel Glück diese Frau doch hat! Adlig, reich und dazu auch noch schön. Die Götter sind wirklich ungerecht!«, sagte Luh Sadri, eine Spielgefährtin Telagas, neidisch. »Woher willst du wissen, ob sie glücklich ist? Du kannst in niemanden hineinschauen. Weißt du, Sadri, diese Tänzerin hat noch einen steinigen Weg

vor sich. Telagas Leben wird immer problematisch sein. Ihre Wunden werden niemals heilen. Es ist nicht leicht, einen Menschen zu beurteilen, Sadri. Du machst es dir zu einfach. Du musst noch viel über das Leben lernen, bis du in der Lage bist, die Menschen zu erkennen, wie sie wirklich sind. Bis dahin wirst du ein oberflächlicher Mensch bleiben.«

Die alte, ganz in weiß gekleidete Frau, die dies sprach, schlug Luh Sadri leicht auf die Schulter. Sadri verstummte, war wie gelähmt. Als sie wieder zu sich kam, war die alte Frau schon im Gewimmel der Menschen, die im Umkreis der Bühne umhergingen, verschwunden.

Luh Sadri atmete tief ein. Wunden? Welche Wunden mochte Telaga verbergen? Luh Sadri schaute sich suchend um, in der Hoffnung, die alte Frau würde wiederkommen und ihr die Bedeutung dieser seltsamen Worte erklären. Vergebens. Sie schien sich in Luft aufgelöst zu haben. Sadri atmete wieder ein und fragte sich, ob diese Begegnung tatsächlich stattgefunden hatte. Vielleicht war die unbekannte Frau ja nur die Verkörperung ihres schlechten Gewissens, das sie wegen ihres Neides auf Telaga heimsuchte. Luh Sadri murmelte gedankenverloren vor sich hin. Ja, sie war in der Tat oft neidisch auf Telaga, denn diese Frau vereinte in sich die Schönheit aller Frauen des Dorfes.

»Hyang Widhi, ich muss diese schlechten Gedanken aus meinem Kopf verbannen. Wie gemein ich nur bin, obwohl Telaga doch immer so gut zu mir ist! Sie begegnet meiner Familie immer respektvoll. Meine Mutter liebt diese blaublütige Frau. Sie sagt immer, es gebe keine Adlige, die ihr Respekt entgegenbringe, außer Telaga. Nicht nur den Bewohnern ihres Griyas gegenüber zeigt sich Telaga großzügig, indem sie die Utensilien für die Tempelzeremonien kauft, sondern auch gegenüber meiner Familie erweist sie sich immer als wohltätig. Hyang Widhi, wieso also gelingt es mir nicht, meinen Hass auf diese Frau, die dort auf der Bühne steht, abzulegen? Warum?«

Luh Sadri knetete nervös ihre Hände. Als Wayan Sasmitha, ihr älterer Bruder und Stütze der Familie, eines Tages krank geworden war, hatte es plötzlich niemanden gegeben, der für gefüllte Töpfe auf ihrem Herd sorgen konnte. Damals hatte ihnen Telaga Reis und getrockneten Fisch gebracht.

»Dies ist für Sie, Meme. Wenn Sie es nicht einfach so annehmen möchten, können Sie gerne als Dankeschön ein paar Schälchen mit Opfergaben zum Tempel unseres Griya bringen.«

Telagas Stimme klang immer so warmherzig, wenn sie mit Luh Sadris Mutter sprach. Deshalb verstand Luh Sadri auch selbst nicht, warum sie Telaga so sehr hasste. Wann immer ihr Bruder nicht tanzen oder malen konnte, kam Telaga stets und half sofort, ohne große Worte zu machen.

»Das darf niemand wissen«, pflegte Telaga dann zu Luh Sadri zu sagen.

Sadri nickte daraufhin immer geschwind und füllte ebenso schnell die mitgebrachten Gaben wie Zucker, Kaffee und Gebäck in einen Bambuskorb um.

Telaga hatte wirklich ein gutes Herz. Aber je mehr Sadri über ihre Güte nachdachte, desto stärker wuchs ihr Hass auf diese Frau.
Luh Sadris Gedanken wurden unterbrochen, als ein Mann in der Reihe vor ihr frech flüsterte: »Schade, dass sie eine Brahmana ist. Wäre sie eine Sudra, eine gewöhnliche Frau, würde ich ihr bis zum letzten Atemzug nachstellen. Würde sie um mein Leben bitten, so gäbe ich es ihr noch heute.«
Es war Putu Sarma, ein gutaussehender Mann aus dem Nachbardorf und beliebtes Gesprächsthema der hiesigen Sudra-Frauen, der so sprach. Sadri mochte die Augen dieses Mannes. Sie verrieten keine Gefühle, wirkten kühl, oft sogar zynisch. Sadri wusste nicht warum, aber jedes Mal, wenn sie in seiner Nähe war oder auch nur seine Stimme hörte, schwitzte und bebte sie am ganzen Körper. Es war ihr dann, als werde sie von einer Woge der Leidenschaft mitgerissen. Sadri genoss es, sich Tagträumereien über Putu Sarma hinzugeben. Wie außergewöhnlich sein Körper doch war, und welch wunderbaren Duft er verströmte!
Jedes Mal, wenn Telaga tanzte, stand Putu Sarma in der Nähe der Bühne. Sein Kain trug er stets schlicht um die Hüften gewickelt. Sadri hatte einmal beobachtet, wie sich das Tuch des Mannes beinahe gelöst hätte, als ein Windstoß sich darin verfing. Bis zum Morgengrauen hatte sie kein Auge schließen können. Die Vorstellung von Putu Sarmas unverhülltem Körper entfachte ein Feuer in ihr, das jede Faser ihres Leibes durchdrang, sie zu verbrennen

drohte. Sadri war damals wirklich nervös geworden. Ihre Aufregung hatte sich noch gesteigert, als sie flüchtig seine feuchte Haut gestreift hatte. Der Schweiß dieses Mannes brachte sie fast um den Verstand. Sie hatte den Wunsch verspürt, alle Stoffe, die sie bedeckten, abzustreifen und ihren Körper vom Nachtwind einhüllen zu lassen. Sadri hätte bestimmt nicht gefroren, denn die Gedanken an Putu Sarma ließen sie eine tiefe innere Wärme empfinden. Wenn Telaga wüsste, dass dieser Mann sie begehrte, wäre sie sicherlich geschmeichelt.

Die Gedanken kreisten unaufhörlich in Luh Sadris Kopf. Sie ertrug es nicht, zu hören und zu sehen, wie der Mann, den sie im Stillen liebte, eine andere Frau anbetete. Warum musste es sich bei dieser Frau ausgerechnet um Telaga handeln?

»Träum nicht, Putu Sarma, du bist ein Sudra! Es ist unmöglich, dass diese Brahmana-Frau je etwas von deinen Gefühlen erfährt und sie erwidert. Das werden die Götter schon zu verhindern wissen.«

Jemand schlug Putu Sarma auf die Schulter. Der lachte schallend.

Ein junger Mann neben ihm setzte das Gespräch fort: »Ja, sehr schade, dass die Götter immer ihre Lieblinge haben. Wieso verleihen sie nur den adligen Frauen die ganze Schönheit der Erde? Was würdet ihr sagen, wenn ich diese Frau aus der strengen Bewachung der Götter entführen würde?«

Er kniff in den Hintern einer jungen Frau vor ihm, die sich daraufhin umdrehte und ihn wütend anfunkelte. Die

Männer kümmerten sich nicht darum, taten so, als seien sie sich keiner Schuld bewusst.
»Die Haut dieser Frau glänzt wie Gold. Schau nur! Wenn du den Mut besitzt, sie zu berühren, werden die Götter ihre besten Waffen zücken und gegen dich zu Felde ziehen«, fügte ein anderer scherzhaft hinzu.
Alle lachten. Ihre lüsternen Blicke entkleideten Telaga bis auf die Haut.
Telaga konnte das Ganze nur schweigend über sich ergehen lassen. Denn ihre Mutter hatte ihr von Anfang an etwas eingeschärft: »Du musst die schönste Frau in diesem Griya werden. Du bist meine einzige Hoffnung. Ich habe dir das Leben geschenkt. Nun ist es an dir, Schwierigkeiten aus dem Weg zu gehen und immer Haltung zu bewahren. Das bist du mir schuldig. Du musst, du musst ...«
Die Stimme der Frau, die ihren Leib neun Monate lang mit ihr geteilt hatte, löste bei Telaga immer wieder Unbehagen aus. Es war die Art, wie die Mutter sich um sie sorgte, wie sie sie erzog. Ihr ewiger Kampf um Anerkennung machte Telaga wirklich Angst.
Telagas Mutter war eigentlich keine Adlige. Sie war eine Sudra, eine gewöhnliche Frau. Ein Brahmana hatte ihr einen Heiratsantrag gemacht. Adlige Werte wie Erhabenheit und Größe, aber auch Hochmut, waren ihm in die Wiege gelegt worden.
Telaga hatte den Mann, dessen Millionen von Samenzellen sich in den Körper ihrer Mutter ergossen hatten, nie richtig kennen gelernt. Für Telaga war er einfach der dümmste Mann, der ihr je begegnet war. Immer wieder

fragte sie sich, wie die Natur das Leben für den einzelnen Menschen auswählte. Warum hatte ausgerechnet sie das Kind von Ida Bagus Ngurah Pidada werden müssen? Angesichts der Dummheit ihres Vaters beschloss Telaga, dass es sich wohl besser ohne Mann leben ließe.

Eines Tages, so erinnerte sie sich noch, hatte dieser geistlose Mensch wie wild herumgeschrien: »Niemand in diesem Haus versteht meine Probleme!« Er wütete und schimpfte wirr, als ob er mit diesem Benehmen seine Autorität unter Beweis stellen könnte.

Für Telaga war er nichts als ein Narr, den sie mit dem ehrwürdigen Namen Aji, Vater, anzusprechen hatte. Wie widerlich! Ein Mann ohne Rückgrat, der nur seine Männlichkeit verherrlichen konnte. Ein Mann, der niemals zu seinen Fehlern stand, sondern die Schuld stets bei anderen suchte, um so seine eigene Dummheit besser verbergen zu können. Wie hätte sie ihm je Vertrauen entgegenbringen können? Seine Unfähigkeit war es, die Telaga bedauern ließ, dass sie ihn respektvoll anzusprechen hatte.

Da die Eltern ihres Vaters den Rang eines Ida Bagus und einer Ida Ayu besaßen, hieß es, dass er von besonders reinem Adel sei. Von ihrer Mutter jedoch erzählten sich die alten Leute, sie sei eine Sudra. Deshalb hatte Telaga bei der Anrede aller Personen im Griya, einschließlich des Mannes, dessen eigen Fleisch und Blut sie war, den Titel Ratu hinzuzufügen. Welch unangemessene Anrede für ihren Vater!

Ein Geschehnis würde Telaga niemals vergessen können. Es war einfach zu peinlich und bildete den krönenden Ab-

schluss aller Dummheiten, die ihr Vater jemals begangen hatte.
Telaga erinnerte sich noch genau. Es war kurz vor ihrem neunten Geburtstag ...

Kapitel 2

Die Haustür war fest verschlossen. Nur Mutters Weinen drang durch die Tür des Nebeneingangs. Es war das Weinen einer Sudra-Frau, die völlig machtlos war in Gegenwart einer weitaus erfahreneren, älteren Frau. Schließlich hatte diese die Welt früher betreten als sie selbst.

Großmutter sah in Mutter nur ein junges Ding, das von nichts eine Ahnung hatte, erst recht nicht von den Werten des Adels.

Der alten Frau hatten die Götter eine majestätische Ausstrahlung verliehen. Attribute wie Würde, Eleganz und Schönheit konnte sie ihr Eigen nennen. Außerdem hatte sie einen Sohn geboren, den die Vorsehung dazu bestimmt hatte, Mutter zu besitzen.

Der Mann, zu dem Mutter gehörte, war sonderbar. Manchmal ließ er sich monatelang nicht blicken. Und war er dann einmal zu Hause, so verbrachte er seine Zeit beim Hahnenkampf, oder aber er lungerte mit irgendwelchen Gaunern in der Nähe der Kreuzung herum und trank hochprozentigen Reisschnaps. Sein Benehmen beschämte Großmutter, seine eigene Mutter.

»Binde ihm die Beine zusammen, Kenanga. Binde sie zusammen! Der Junge hat wirklich noch nie einen Funken Selbstachtung besessen, genau wie sein Vater. Elender Schuft!«, schimpfte Großmutter immerzu.

Ihr mit Betelnüssen gefüllter Mund ließ sie noch unheimlicher erscheinen, fast wie eine richtige Hexe. Unter Tränen tat Mutter wie geheißen und fixierte vorsichtig Vaters Beine. Hätte sie dies nicht gemacht, hätte Vater sicherlich nach dem Aufwachen aus seinem alkoholisierten Schlaf wieder wild um sich geschlagen. Was wollte dieser Mann bloß? Er bereitete immer nur Schwierigkeiten! Was in solchen Augenblicken in Mutters Inneren vorging, hatte Telaga nie verstanden. Manchmal spiegelten ihre Augen etwas Sorgenvolles wider. Oft aber wirkten sie einfach nur leer. Dann wurde die Situation von Großmutters Stimme beherrscht, die fortwährend schimpfte und fluchte.

»Du wirst mein Kind niemals glücklich machen können, Kenanga!«

Großmutters Worte waren verletzend. Schweigend schluckte Mutter ihre Tränen hinunter. Die Beschimpfungen der alten Frau schienen endlos. Permanent entglitten ihren stets rot angemalten Lippen grobe Ausdrücke und unverständliche Flüche. Als Jüngere blieb Mutter nichts anderes übrig als zu gehorchen. Sie widersprach Großmutter nie, obwohl deren Worte oft ihr Selbstwertgefühl als Frau kränkten. Wenn Vater betrunken oder nach einer Schlägerei schwer verletzt nach Hause kam, blickte Großmutter sie immer feindselig an.

»Offensichtlich kannst du nicht auf mein Kind aufpassen.« Großmutters Worte waren dann mehr ein Klagen als Schimpfen.

In Momenten wie diesen fragte sich Telaga, zu welcher der beiden Frauen im Hause sie halten sollte. Großmutter oder Mutter? Seltsamerweise konnte sie sich auf keine der beiden Seiten aus vollem Herzen schlagen.

Großmutter war eine außergewöhnlich harte Frau. Sie war die Tochter eines reichen Adligen. Seit ihren Kindertagen war sie vom Glück verwöhnt. Jeden Wunsch hatte man ihr stets sofort erfüllt. Ihr Vater, ein Priester, hatte viele Sisia, Anhänger, die den Griya ehrten und ihm treu ergeben waren. So war Großmutters Position im Griya seit jeher höher und wertgeschätzter als die der anderen Frauen.

Es hieß, auch ihre Mutter sei sehr reich und zudem schön gewesen. Da Großmutters Eltern kein männlicher Stammhalter geboren wurde, war es an ihrer Tochter, das Geschlecht der Pidada fortbestehen zu lassen, und deshalb verheiratete man sie mit dem Sohn einer armen Brahmana-Familie, der bereit war, seinen Griya zu verlassen und in ihrem Griya zu leben.

Sein Name war Ida Bagus Tugur. Er war ein sehr gebildeter Mann, der ein hohes Amt in der Politik anstrebte. Keine Frau hatte bisher eine Rolle in seinem Leben gespielt. Mit diesem Wissen über seine Person wurde Großmutter Ida Bagus Tugurs Frau.

Nach der Hochzeit veränderte er sich zunächst nicht in seinem Wesen, bis er eines Tages vom Raja von Denpasar zum

Bezirksvorsteher ernannt wurde. Diese Stellung gab Ida Bagus Tugur das Gefühl, endlich im Besitz wahrer Macht zu sein. Von diesem Tag an war es, als habe er mit einem Mal vergessen, dass er bereits einen Sohn hatte. Ebenso wenig kümmerte er sich um seine Ehefrau. Er schien vergessen zu haben, dass er der Ehe mit einem weiblichen Familienoberhaupt zugestimmt hatte. Die Übermacht der Familie seiner Frau hatte er oft als eine Schwächung seiner Position als Mann im Hause empfunden. Dabei hatte Großmutter sich bereits bemüht, ihm den gleichen Status zu geben, wie ihn die anderen Männer des Griya hatten.
Von Tag zu Tag wurde ihre Liebe zu Großvater größer. Sie hasste sich dafür, denn diese tiefen Gefühle für ihren Mann machten sie zu einem einsamen Menschen. Großvaters berufliche Verpflichtungen nahmen stetig zu, und er kam immer seltener nach Hause. Großmutter wagte es nie zu fragen, wo er überall gewesen sei. Zu groß war die Angst, er könne sie verlassen.
Und Großmutter plagten Schuldgefühle. Zu Beginn ihrer Ehe hatte sie sich immer als Respektperson dargestellt und Großvater spüren lassen, dass er nur wegen ihrer Stellung ein Amt bekleiden konnte, wie er es nun inne hielt. Und trotzdem war er stets ein guter, fürsorglicher Ehemann gewesen. Er war Großmutter mit Respekt begegnet und hatte die gleiche Ehrerbietung auch ihren Eltern erwiesen. Außerdem war er seinen ehelichen Pflichten immer ordnungsgemäß nachgekommen.
Allmählich änderte Großmutter ihr Verhalten, besonders als ihr Mann die Karriereleiter immer weiter emporstieg.

Sie begann, ihm Frühstück und Abendessen zuzubereiten und wollte Großvater so zeigen, dass er den gleichen Status im Hause hatte wie sie selbst.
Die späte Liebesmüh war jedoch vergebens. Eines Tages machte das Gerücht die Runde, Großvater habe ein Verhältnis mit einer sehr hübschen Tänzerin. Zu allem Übel war diese Frau keine Brahmana, sondern eine Witwe mit zwei Kindern aus der Sudra-Kaste. Großmutter kochte vor Wut!
Ihre Enttäuschung kannte keine Grenzen mehr, als dann auch noch ihr einziger Sohn sein Herz ausgerechnet an Mutter verlor, Luh Sekar, eine Tänzerin und eine Sudra. All ihre Träume waren mit einem Mal zerstört. Und das alles, weil ihr einziger Sohn keine Ida Ayu, wie sie selbst es war, in die Familie brachte. Großmutters Leben hatte keinen Sinn und kein Ziel mehr.
»Eine Dynastie aufzubauen ist schwierig, Telaga. Erst recht als Frau«, klagte sie eines Tages.
»Wovon spricht du, Großmutter?«
»Von dir.«
»Du wirst schon wieder seltsam.«
»Nein.« Die alte Frau atmete tief ein, wobei sie mit den Fingern sanft durch die einzelnen Haarsträhnen ihres einzigen Enkelkindes fuhr.
»Du bist schon groß, Telaga. Ich bete immer dafür, dass dich ein besseres Schicksal trifft als mich. Warst du schon mal verliebt?«
»Aber Großmutter ...«, schmollte Telaga. Röte überzog ihre weißen Wangen.

»Wenn der Tag kommt, an dem du dich in einen Mann verliebst, gibt es Dutzende von Fragen, die es zu beantworten gilt. Hüte sie wie einen Schatz, es braucht niemand jemals zu erfahren, dass du dich prüfst und versuchst herauszufinden, ob du der wahren Liebe begegnet bist oder nicht. Nachdem du alle Fragen beantwortet hast, erklimmst du die nächste Stufe und ziehst Schlüsse aus den Antworten: Was bringt mir die Beziehung zu diesem Mann, welchen Gewinn bedeutet sie für mein Leben? Du musst dich den Antworten stellen. Lass sie deinen Verstand beherrschen. Heirate niemals nur aus einem Bedürfnis heraus oder gar aus gesellschaftlichen Zwängen. Heirate einen Mann, der in der Lage ist, dir Ruhe, Liebe und Zuneigung zu geben. Überzeuge dich davon, dass du diesen Mann wirklich brauchst. Wenn du dir nicht sicher bist, lass es auf keinen Versuch ankommen.«

Telaga schwieg. Ihre Augen musterten die alte Frau. Großmutters Gesicht wirkte von Tag zu Tag blasser und verlor an Ausstrahlung. Sie war auch sehr aufbrausend geworden. Aus einem kleinen Problem wurde leicht ein großes. Was war wirklich mit Großmutter geschehen? Stimmten die Gerüchte, sie habe sehr gelitten?

Die Bewohner des Griya erzählten, früher sei Großmutter die schönste Frau im Dorfe gewesen. Ihre Wortwahl war bedacht und voller Wertschätzung gegenüber ihren Mitmenschen. Sie zeigte keine Spur von Hochnäsigkeit. Viele Männer im Griya waren insgeheim in Großmutter verliebt. Leider war sie jedoch wenig interessiert an Männern ihres eigenen Clans. Großmutter sagte einmal, damals habe sie für diese nur geschwisterliche Gefühle gehegt. Ihre Eltern begann diese Entwicklung jedoch ziemlich zu beunruhigen. Denn schließlich war es innerhalb der adligen Brahmana-Kaste durchaus üblich, Söhne und Töchter innerhalb des eigenen Griya-Clans zu verheiraten. Hinzu kam, dass Großmutter der einzige Nachkomme der Familie war. Wer würde sich denn bei einer Heirat außerhalb des eigenen Clans um ihre Eltern kümmern, wenn diese alt waren? Schließlich musste Großmutter einen Mann heiraten, den die gesamte Familie bei einer Zusammenkunft für sie ausgewählt hatte.

Die widerspruchslose Hinnahme der Entscheidung überraschte die Bewohner des Griya. Erst später sollten sie erfahren, dass Großmutter sich tatsächlich in den Mann verliebte, den ihre Familie für sie ausgewählt hatte.

»Leider war dieser Mann nicht der Richtige für sie. Deine Großmutter war eine sehr schlichte Frau, der Werte noch etwas bedeuteten. Die Liebe war ihr heilig. Auch hielt sie die Werte des Adels stets hoch. Zwar war deine Großmutter sehr höflich gegenüber den Leuten außerhalb des Griya, aber sie konnte es absolut nicht akzeptieren, wenn ein Brahmana eine gewöhnliche Frau heiratete. In diesem Punkt blieb sie beharrlich. Zu den anderen Frauen im Griya pflegte sie zu sagen: Der Adel muss dauerhaft beschützt werden im Einklang mit den Traditionen, die wir von unseren Vorfahren geerbt haben. Du musst wissen, Telaga, deine Großmutter liebt deinen Großvater sehr. Obwohl sie jedes Mal, wenn sie ihm gegenüber steht, kalt und abweisend auftritt. Es ist diese außergewöhnliche Liebe, die ihr Qualen verursacht. Sie war nicht in der Lage, das Herz ihres eigenen Ehemannes zu erobern. Hinzu kommt ihre Enttäuschung über ihren Sohn, der eine Frau von niedrigerem Rang geheiratet hat. Er hätte wissen müssen, dass er eine Ida Ayu heiraten musste!«

Telaga versuchte zu begreifen. Eine Wunde klaffte in Großmutters rechter Brust. Diese Wunde hatte ihre ganz eigene Bedeutung. Sie wurde immer tiefer und nach außen sichtbar, als Vater, Großmutters einziger Sohn, tot in einem Bordell aufgefunden wurde. Sein nackter Körper war mit Stichwunden übersät. Sein Mund stank nach Arak.

»Lass ihn gehen, Kenanga! Je schneller, desto besser. Früher dachte ich, du könntest die Frau sein, die mein Sohn braucht. Wie sich zeigt, konntest du ihm nicht helfen! Wozu deine Tränen? Spar sie dir! Sie haben keinen Nutzen. Sie können mein Kind nicht wieder zum Leben erwecken. Später wirst du diese Tränen noch für andere Schicksalsschläge benötigen, nicht aber, um jetzt deinen Ehemann zu beweinen. Höre meine Worte!«, sprach Großmutter entschieden. Es gab kein Weinen vor dem leblosen Körper ihres einzigen Kindes. Nicht eine Träne benässte die eingefallenen Wangen der Frau. Aufrecht stand sie da und blickte starr in das Feuer der Ngaben-Zeremonie. Es verzehrte den verwesenden Körper des Mannes, bis nichts mehr von ihm übrig blieb. Großmutter war wirklich eine außergewöhnliche Frau.

Nach Vaters Tod beschimpfte sie Mutter nie wieder. Die meiste Zeit saß sie nun in ihrem Schaukelstuhl und fertigte die verschiedenen Utensilien für die Zeremonien an.

Für Telaga machte es keinen Unterschied, ob Vater da war oder nicht. Er hatte tatsächlich niemals einen besonderen Platz in ihrem Leben eingenommen. Häufig war er monatelang verschwunden. Und war er dann zu Hause, betrank er sich sinnlos. Vater hatte auch nicht gearbeitet. Telaga erfuhr niemals, was für ein Gefühl es war, auf dem Schoß des Mannes zu sitzen, der einem das Leben geschenkt hatte und den man liebte.

Ihr Vater war für sie ein Fremder, der ihren Lebensweg kreuzte und einfach so verschwand. Dieser Mann entriss ihr sogar einen Menschen, den sie liebte. Einen Monat später folgte ihm Großmutter, die alte Frau, aus deren Mund so viele bissige Worte gekommen waren, in den Tod.

Zurück blieben Telaga, Mutter und Großvater.

Kapitel 3

Die zweite Frau, die maßgeblichen Einfluss auf Telagas Entwicklung hatte, war ihre Mutter Luh Sekar, eine sehr eigensinnige Person, die den Adel verherrlichte. Ihre Denkweise war für Telaga nur schwer nachvollziehbar. Luh Sekar war stolz darauf, in die Kreise der Griya-Familien aufgenommen worden zu sein. Nun war ihre Position höher als die der anderen Sudra-Frauen.
Die Leute erzählten sich, Luh Sekar habe in der Tat die Liebe der Sudra-Männer seit jeher zurückgewiesen. Sie hatte ihrer Freundin Luh Kenten einmal anvertraut, dass für sie nur die Heirat mit einem Mann aus der Brahmana-Kaste, einem Ida Bagus, in Frage käme.

»Was auch immer mit mir geschehen wird, ich muss auf jeden Fall die Frau eines Adligen werden. Sonst werde ich eben niemals heiraten!«, sagte Luh Sekar bestimmt.
»Red' nicht so daher, Sekar. Wir sind hier im Tempel, ich habe Angst, dass die Götter deine Äußerung hören.«
»Das ist mir egal! Ich flehe die Götter sogar noch bei jedem Vollmond und Neumond an, mir den Wunsch zu erfüllen. Sie sollen wissen, was ich möchte!«

»Luh Sekar!«
Die anderen jungen Frauen im Tempel rissen bei Sekars Worten entsetzt die Augen auf und stießen ihr mit den Ellenbogen warnend in die Seite. Luh Sekar war dies aber wohl egal. Sie lächelte, als wolle sie die Götter herausfordern. Dann wandte sie sich Kenten zu. Ihre Freundin lauschte den geflüsterten Worten, die nun ihren schönen Mund verließen.
»Ich bin es leid, eine arme Frau zu sein und von keinem Menschen respektiert zu werden, Kenten. Mein Vater war in politische Aktivitäten der PKI verwickelt. Bis jetzt ist nicht klar, ob er überhaupt noch lebt. Die Leute haben mich aus ihrer Gemeinschaft ausgestoßen. Sie sagen, ich sei das Kind eines Verräters – eines Kommunisten! Unter den Taten meines Vaters haben meine Familie und ich bis heute zu leiden. Manchmal denke ich, sollte ich diesem Mann jemals begegnen, werde ich ihn umbringen!«
»Sekar!«, ertönte Luh Kentens Stimme laut. In ihrem Gesicht spiegelte sich Entsetzen.
»Ich habe es so satt, arm zu sein, Kenten! Das musst du wissen. Hilf mir, suche mir einen Ida Bagus. Koste es, was es wolle, ich bin bereit dazu!«
»Lass es gut sein, Sekar! Verwickle mich nicht in solch ein seltsames Gespräch. Welcher Ida Bagus wird sich plötzlich für dich interessieren, wenn du immer nur zynisch bist und niemals heiter dreinschaust?«
»Wird sich ein Ida Bagus für mich interessieren, wenn ich bereit bin zu lächeln und ein wenig freundlich gegenüber Männern zu sein?«, fragte Luh Sekar hoffnungsvoll.

»Hör mir zu! Du bist hübsch, Sekar. Sehr hübsch sogar! Auch kannst du gut tanzen. Ich verrate dir, es gibt da einen Brahmana, der oft nach dir fragt ...«

»Wer ist es? Ist er wirklich an mir interessiert? Ich werde alles für ihn tun, wenn er mich nur aus dieser Armut und der ständigen Erniedrigung erlöst«, sagte Sekar mit bitterer Stimme. »Ist er bereit, meinen Rang zu erhöhen?«

»Wer weiß.«

»Nun sag schon, wer es ist, Kenten?« Luh Sekar wurde langsam ungeduldig.

»Ngurah Pidada!«

»Was?!«, stieß Sekar aufgeregt aus.

Ngurah Pidada also, der so häufig zu den Joged-Veranstaltungen kam, auf denen er gerne die Gelegenheit ergriff, den etwas herausfordernden, koketten, rhythmischen Bewegungen der Tänzerinnen des Joged Bumbung zu folgen.

Ngurah Pidada steckte ihr oft Geld zu, wenn sie tanzte. Manchmal war es so viel, dass es ausreichte, die vier Münder ihrer Familie eine Woche lang zu stopfen. Dann brauchte Luh Sekar nicht mehr zum Markt zu gehen und Bananenblätter zu verkaufen, nur um ein halbes Kilo Reis und etwas salzigen Fisch nach Hause bringen zu können. Ngurah Pidada besaß ungewöhnlich dreiste Hände. Oft griff er nach Sekars Hintern. Dann wieder zog er blitzschnell an ihren Brustwarzen. Sekar konnte nichts dagegen tun, denn er stellte sich so geschickt dabei an, dass seine Frechheit weder von den Zuschauern noch den Spielern des Bambus-Gamelan bemerkt wurde. In solchen

Momenten schrie Sekar nicht, sondern ließ es zu, dass er ihren Körper immer mehr in Besitz nahm. Sie wusste, jedes Mal, wenn sich seine Hände zu den intimen Stellen ihres Körpers vortasteten, würde er es nicht an Geld mangeln lassen. Ngurah Pidada steckte ihr häufig Zehntausend-Rupiah-Scheine ins Kostüm. Niemand erfuhr etwas davon. Sekar betrachtete das Geld als rechtmäßig erworben.

Sie hatte den anderen Tänzerinnen gegenüber niemals ein schlechtes Gewissen. Normalerweise, wenn die Mädchen vom Publikum Geld zugesteckt bekamen, teilten sie es immer der Leiterin der Tanzgruppe mit. Dann wurde das Geld gleichmäßig unter den Tänzerinnen, den Gamelanspielern und den Pemangku verteilt.

Pemangku waren Priester, die die Bühne bewachten, um sie vor der Störung durch magische Kräfte zu bewahren. Ein Pemangku hatte außerdem die Aufgabe, im Tempel Opfergaben darzubringen, bevor er zur Veranstaltung aufbrach, damit die Götter des Tanzes der Aufführung ihren Segen erteilten. Wenn der Tanz beendet war, überbrachte dieser Pemangku abermals eine Opfergabe. Er bat die Götter, die Tänzerinnen von den Joged-Geistern, die ihnen beim Tanz zu wundersamer Ausstrahlung verholfen haben, zu befreien und sie in ihr alltägliches Leben zu entlassen.

Sekar konnte sich noch gut daran erinnern, wie sehr sie darum gekämpft hatte, der Star der Joged-Gruppe zu werden. Sie sah noch genau alle Details vor sich, wie die Glieder der Kette von Atemzügen, die das Leben ihr verliehen hatte.

Sekar wusste, dass man nur mit Hilfe der Götter eine Joged-Tänzerin werden konnte.
Ihre Mutter war der gleichen Ansicht. Sie ging sogar so weit, zu behaupten, dass nur bestimmte Menschen den Segen der Götter bekommen könnten, um eine gute Tänzerin zu werden, eine, die die Fähigkeit besitzt, mit einem Tropfen ihres Schweißes geradezu die Bühne zu sprengen.
»Sekar, die balinesischen Frauen sind es nicht gewöhnt, sich zu beklagen. Sie ziehen es eher vor, hart zu arbeiten. Nur auf diese Weise spüren und wissen sie, dass sie noch leben und dies auch weiterhin tun müssen. Der Schweiß ihrer Arbeit lässt das Feuer im Herd dauerhaft brennen. Sie stillen nicht nur ihre Kinder. Sie stillen sogar ihre Männer. Stillen dieses Leben ganz allein.«
Sekar gingen die Worte ihrer Mutter nicht aus dem Kopf. Nun wollte sie den Dorfbewohnern beweisen, dass sie die einzige Joged-Tänzerin war, die die Kraft aller Götter des Tanzes besaß. Sie war sich bewusst, dass sie einen wundervollen Körper hatte. Auch wenn ihre Haut nicht so hell war wie die von Luh Karni, der Joged-Lehrerin.
»Ich möchte Tänzerin werden, Kenten«, sagte sie eines Tages ernst zu ihrer Freundin.
»Du träumst! Komm zur Besinnung, Sekar, komm zu dir. Du weißt doch, wer du bist?«
»Muss ich, um Tänzerin zu werden, zuerst das Kind einer gesellschaftlichen Persönlichkeit werden?«
»Verwickle mich nicht in eine Diskussion über solche Themen. Ich verstehe davon nichts!«

»Es ist nicht so, dass du das nicht verstehst. Du hast einfach Angst!«

»Lass es gut sein! Ich mag nicht darüber sprechen. Du weißt selbst, dass von allen Mädchen des Dorfes nur ich deine Freundin und dir gegenüber loyal bin. Hör auf zu schimpfen. Du solltest dankbar dafür sein, dass du im Tempel beten darfst. Das ist schon gütig von den Bewohnern dieses Dorfes.«

»Nur weil ich im Dorftempel beten darf, soll ich dankbar sein? Oh, Kenten, was hast du nur für seltsame Ansichten. Protestiere nicht voreilig gegen meine Worte. Dieses Mal flehe ich dich an, hör mir zu! Glaubst du an die Götter? Glaubst du an Gott?«

»Was soll diese Frage?!«

»Nun hör schon auf zu murren. Beantworte nur meine Frage! Also?«

»Du kennst die Antwort!« Luh Kenten blickte Sekar durchdringend an.

»Das bedeutet, es gibt keine Verbote, um vor IHN zu treten. Selbst ein Dieb darf zum Tempel kommen. Er benötigt dafür nicht die Zustimmung der Priester. Hast du dir schon mal vorgestellt, dass unser Tempel vielleicht als Schlafstätte von einem Mörder oder einer Prostituierten benutzt wurde?«

»Jetzt wirst du wirklich seltsam.«

»Kenten, Kenten. Betrachte die Realität nicht allzu ernst. Auf dieser Welt gibt es schon lange keine Wirklichkeitsform mehr, die wir fassen können. Unsere Wirklichkeit haben wir zum Idealmaß gemacht, um dem Leben realistischer und klarer entgegenzutreten. So ist es auch mit dem Tanzen. Seit wann verbieten die Leute in diesem Dorf einem hübschen und talentierten Mädchen wie mir zu tanzen?«

»Sekar!«

»Das kannst du nicht beantworten. Da bin ich mir sicher.«

»Rede nicht so unüberlegt daher. Wer eine Tänzerin wird, bestimmen die Götter, nicht die alten Leute dieses Dorfes.«

»Welche Voraussetzungen muss eine Frau erfüllen, um eine Tänzerin werden zu können?«

»Sie muss hübsch sein und einen wundervollen Körper besitzen.«

»Was sagst du zu meinem Körper?«

»Fängst du schon wieder an!«

»Das ist keine Antwort, Kenten. Ich habe gefragt, wie du mich findest, Luh Sekar, einen Menschen, in dessen Adern das Blut eines Verräters fließt, eines Mannes, von dem man sagt, er habe das Blutbad in unserem Dorfe angerichtet. Er, der den Kampf dieser Republik verraten hat, er, der kaltblütig sogar das Leben von Babys ausgelöscht hat. Ich habe das Gesicht des Mannes, der an meiner Entstehung beteiligt war, niemals kennengelernt. Ich hatte Gott auch nicht darum gebeten, gerade ihn auszuwählen, um meine Gestalt als Mensch zu vollenden, um auf dieser Erde, in diesem Dorf zu leben. Was ist falsch daran, wenn ich jetzt eine Tänzerin werden möchte, die verehrt wird und der Joged-Gruppe dieses Dorfes zu Erfolg verhelfen kann? Es gibt so viele Joged-Gruppen. Ich habe gehört, jede davon hat eine außergewöhnlich talentierte Tänzerin, eine Pragina. Auf der Bühne werden die Körper dieser Praginas zu Feuer, das jeden Atemzug der Männer verbrennt. Außergewöhnlich. Ich möchte diese Praginas noch übertreffen. Ich bin mir sicher, dass ich das schaffen kann, Kenten!«

»Sei dir nicht zu sicher!«

»Du hast Angst, mein Talent anzuerkennen, nicht wahr? Wir wissen doch beide, dass auch die alten Leute im Dorf der Meinung sind, dass mein Körper für den Tanz geschaffen ist. Sie sind doch nicht blind. Natürlich wissen sie, dass ich ihrem Dorf zu Berühmtheit verhelfen kann. Später einmal wird man dieses Dorf meinetwegen kennen.«

»Sekar!«

»Schrei nicht so!«

»Von Tag zu Tag wirst du seltsamer.«

»Nein, werde ich nicht. Alle Frauen haben das Recht, einen Traum zu besitzen.«

»Ja doch! Ich weiß das. Nur musst du anfangen, deine Träume zu ordnen. Sonst wirst du irgendwann verrückt!«

»Nicht möglich! Du hast übrigens meine Frage noch nicht beantwortet. Steht es mir zu, Tänzerin zu werden?«

»Ja!«

»Du bist gemein. Du antwortest herablassend.« Luh Sekar schaute Luh Kenten tief in die Augen. »Du bist die einzige Frau, die mich versteht. Ich habe dich sehr gern, Kenten.«

»Ich weiß«, sagte Luh Kenten mit bebender Stimme.

Alle Leute im Dorf wussten, dass Luh Kenten einen Dickkopf hatte. Sie war eine Frau, die die Kraft von zehn Männern besaß. Ihr Körper war sehr stark und stämmig. Niemand hätte es je gewagt, laut und unpassend mit ihr zu sprechen. Die Leute hatten großen Respekt vor ihr. Sie besaß die spezielle Schönheit einer Sudra-Frau: Ihre Haut war dunkel, ihre Augen scharf, ihr Körper sehr kräftig. Sie hatte sehr langes Haar, das sie meistens schlicht hochgesteckt trug. Sie besaß alle Attribute einer echten Frau vom Dorfe, und dafür bewunderten sie die Leute.

Doch Kentens enge Beziehung zu Sekar ließ Gerüchte aufkommen.

»Sie lieben sich. Schrecklich! Wie befriedigen sie ihre menschlichen Bedürfnisse? Berühren sie sich etwa genauso, wie ich es mit meinem Mann tue?«

Eines Tages hörte Luh Kenten dieses Geflüster. Sobald die spindeldürre Frau, die im Warung stand, Luh Kenten erblickte, verstummte sie. Ihre Angst war ihr deutlich anzumerken.

Luh Kenten konnte nur tief einatmen und sich selbst fragen, ob sie sündigte, wenn sie nur Frauen liebte und nur etwas empfand, wenn sie den Körper einer Frau ansah. Für Luh Kenten entsprach der weibliche Körper der wahren Vollkommenheit schlechthin. Ohne den weiblichen Körper hätte die Erde keine Seele. Wie kalt wäre doch die Welt, wenn ausschließlich Männer auf ihr lebten!

Kenten erinnerte sich. Damals, als sie gerade zu einer jungen Frau heranwuchs, die sich ihrer selbst bewusst wird, erschrak sie sehr, als sie feststellte, dass ihr Körper nicht so funktionierte, wie das Leben es eigentlich vorsah. Etwas an ihrer Erscheinung, die ihr Sang Hyang Hidup verliehen hatte, begann sich zu verändern. Kenten zitterte, wusste nicht, bei wem sie sich beklagen sollte.

Seit der Zeremonie zur Geschlechtsreife, die man für sie gefeiert hatte, war sie sich bewusst, dass ihr Körper und ihr Äußeres in der Tat spezielle Merkmale besaßen, die sie nicht einfach ablegen konnte. Sie hatte mit ihnen zu leben. Sie musste als Frau auftreten, ob sie wollte oder nicht. Die weiblichen Merkmale hafteten fest an ihr. Auf ihrem Brustkorb kamen zwei Fleischklumpen zum Vorschein, die ihr das Gefühl von Unfreiheit vermittelten. Sie benötigte mehrere Schichten Stoff, um sie zu verdecken. Gar nicht zu sprechen von dem Blut, das jeden Monat zwischen ihren Beinen nur so dahinfloss. Immer wieder aufs Neue war Kenten damit beschäftigt, ihren Körper vom Blut zu reinigen. Vor allem wenn sie Brennholz vom Markt tragen musste, behinderte sie dieser Zustand sehr.

»Der Körper dieser jungen Frau ist etwas besonderes. So stark. Seht ihre Brust! Jedes Mal, wenn sie Holz trägt, schwellen ihre Brüste wunderbar an. Wenn ich sie doch nur heimlich beobachten könnte. Dieser Busen ist wunderschön. Sie ist wirklich die seltsamste Frau, die ich je gesehen habe. Eigentlich ist sie sehr hübsch, jedoch so kalt.«

Kenten konnte dem Geschwätz der Männer im Warung nur schweigend lauschen.

Eines Tages fragte sie ihre Mutter: »Meme, wie fühlt es sich an, eine Frau zu sein?«
»Was für eine Frage ist das, Kenten? Du wirst schon wieder komisch.«
»Ach, ich mag einfach nicht den Tratsch der Männer, die jeden Tag bis mittags im Warung Kopi sitzen. Während ich hart arbeiten muss, legen sie entspannt die Beine hoch und unterhalten sich. Ihre Körper haben sie nur mit völlig verschlissenen Tüchern verhüllt. Ich bin mir sicher, diese Männer haben noch nicht einmal geduscht. Und ihr Benehmen ist sehr sonderbar. Ihre Blicke sind so unverschämt und belästigen mich oft. Ich würde ihnen am liebsten Holzscheite in die Augen rammen.«
»Luh!«
»Wirklich, Meme, ich hätte große Lust dazu. Ich habe sogar gehört, dass der Mann, der mir so oft in den Hintern kneift, zwei Frauen hat. Dieser Schwerenöter! Dabei hat er noch nicht einmal eine Arbeit, die seine Familie ernähren kann. Meme, weißt du, was er zu seinen Freunden gesagt hat?«
»Was hat er denn gesagt?!«
»Sucht euch Frauen, die auf eigenen Füßen stehen und Geld heranschaffen. Das ist der Schlüssel zu einem reichen und entspannten Leben für uns Männer. Die Frauen fordern nichts. Sie brauchen nur Zuneigung, Liebe und Aufmerksamkeit. Wenn wir ihnen das geben können, werden sie uns nicht auf die Nerven gehen. Lobt sie einfach. Es schadet nichts, öfter mal zu lügen. Sie mögen das. So ist die Dummheit der Frauen. In ihrer Gegenwart spielt die

Rolle der Ergebenen. Dann werden sie euch achten, euch bedienen, ohne dass ihr sie darum bitten müsst. Das sagte der Mann im Warung, Meme. Ist das wahr?«

»Ich weiß nicht.«

»Meme, hast du Vater eigentlich geliebt?«

»Weiß ich nicht.« Die alte Frau wandte ihren Blick ab.

»Du lügst!«

»Wirklich. Ich weiß ja noch nicht einmal, wie sich diese sogenannte Liebe eigentlich anfühlt. Ich wurde mit deinem Vater verheiratet, weil meine Familie sich schämte, eine Tochter zu haben, die noch ledig war. Ich hätte jeden Mann akzeptiert, den sie mir vorgeschlagen haben. Ein Jahr später schon kamst du zur Welt, Luh.«

»Dann ist Vater fortgegangen?«

»Ja. Wohin, weiß ich nicht.«

»Vermisst du ihn nicht?«

»Was bedeutet das, »vermissen«? In meinem Kopf habe ich nur Verantwortung. Die Verantwortung, dich großzuziehen und dir die Gewissheit zu geben, dass ich dich sehr liebe. Du bist die Quelle meiner Energie. Erst durch dich wurde mir klar, wie es sich anfühlt, für einen Menschen tiefe Zuneigung zu empfinden. Vielleicht ist das die Liebe, die du meintest. Ich weiß es wirklich nicht.«

»Meme, sind alle Männer so wie die in der Kaffeebar?«

»Wieso fragst du wieder? Interessierst du dich etwa für einen von ihnen?«

»Ich weiß nicht, Meme.«

»Später, wenn du wirklich einen Mann triffst, von dem du glaubst, dass er zu dir passt, dann gib mir Bescheid.«

»Warum sagst du das?«
»Ich möchte, dass du glücklich wirst und nicht die falsche Wahl triffst.«
»Ich werde nicht heiraten, Meme. Ich hasse alle Männer, die respektlos über Frauen reden!«
»Was willst du damit sagen?! Du hast nicht das Recht, so zu schimpfen. Du musst die Männer achten!«
»Sie achten uns Frauen doch auch niemals, Meme.«
»Du verstehst das falsch.«
»Nein. Ich sehe doch jeden Tag mit eigenen Augen, womit sie sich die Zeit vertreiben. Bis mittags trinken sie Kaffee, nachmittags wetten sie beim Metajen, dem Hahnenkampf. Abends sind sie frei, sich auszuruhen, und ihre Ehefrauen leisten ihnen dabei Gesellschaft. Sehr komfortabel, ihr Leben!«
»Luh, sei nicht zu hart. Eines Tages wirst du auch einen Mann lieben.«
»Nein, Meme. Das werde ich nicht!«
»Du machst mir Angst.«
»Warum?«
»Deine Worte klingen wie eine Übereinkunft mit dem Leben.«
»Ja, Meme. Es ist mein voller Ernst. Ich werde beweisen, dass wir ohne Männer leben können. Ich werde meine Worte beweisen!«
»Luh!«
»Meme, hab keine Angst. Ich bin mir über die Konsequenzen dieser Entscheidung im Klaren.«
»Ich möchte Enkel von dir.«

»Meme, träume nicht. Wir haben schon genug gelitten. Mach dieses Leben nicht noch komplizierter.«
Luh Kenten umarmte die alte Frau fest. Sie war sich sicher, sie konnte ohne Mann leben. Welchen Sinn hatte es, mit einem Mann zusammenzuleben, wenn dieser nicht in der Lage war, eine Frau zu beschützen? Sie war davon überzeugt, dass Frauen außergewöhnliche Geschöpfe sind. Den Beweis dafür glaubte sie darin zu finden, dass der Aufbau des weiblichen Körpers komplizierter war als der der Männer. Jede seiner Rundungen war sensationell, besaß ganz unterschiedliche Qualitäten.
Das Gespräch in der Kaffeebar, das sie belauscht hatte, hatte Kenten wirklich verletzt. Bedurfte es tatsächlich ausschließlich der Hilfe eines männlichen Körpers, um den Fluss zum Meer zu geleiten? Konnte dieses eine Stück Fleisch des Mannes wirklich solch eine Macht auf eine Frau ausüben, dass sie sogar bereit war, seine Nachkommen zur Welt zu bringen? Sie hatten sie zu versorgen, großzuziehen und ihnen Essen zu geben und zusätzlich auch noch den Körper des Mannes zu befriedigen!
Wie glücklich war doch die Kreatur namens Mann. Jeden Morgen verkauften die Frauen ihre Waren auf dem Markt, ihre Körper wurden von der Sonne verbrannt. Und wenn ihre Haut davon schließlich faltig wurde, nahmen sich die Männer einfach die Freiheit, neue Frauen zu wählen, um ihr männliches Sekret zu entsorgen!
»Hyang Widhi«, murmelte Kenten und seufzte.
Wenn sie nun begann, sich für ihr eigenes Geschlecht zu interessieren, war das falsch? Eine Schande? Hatte Gott

keinen Platz für eine Frau, die eine Frau liebte? Wenn Gott wütend sein durfte, wieso durfte es Kenten nicht? Sie wusste, wie schwierig es war, aus der natürlichen Ordnung auszubrechen, und nahm sich vor, ihre Gefühle für sich zu behalten. Das Leben würde sie immer wieder zum Dialog auffordern.

Kenten war sich absolut im Klaren darüber, dass die Leute lebhaft über ihre Beziehung zu Luh Sekar zu sprechen begannen. Sie wusste nicht warum, aber für Kenten besaß Sekar eine außergewöhnliche Schönheit. Noch nie zuvor hatte sie eine Intimität von solcher Tiefe empfunden, die den geheimsten Teil ihres Körpers berührte. Die Stelle, die die Weiblichkeit symbolisierte, wurde immer feucht, wenn Kentens Haut die der Freundin streifte.
Der Duft ihres Körpers rief in Kenten den starken Wunsch hervor, sie zu beschützen. Kenten hasste die verstohlenen Blicke, die die anderen Frauen Sekar zuwarfen. Sie war eifersüchtig! Wütend! Sie verspürte den Wunsch, sie anzuschreien: »Schaut nicht den Körper meiner Liebsten an, lasst das! Diese Frau gehört mir!« Kenten hätte das sehr gerne gesagt, aber sie besaß nicht genügend Mut dazu. Sie hatte Angst, Sekar zu erschrecken. Kenten war sich sicher, Sekar würde niemals den stechenden Schmerz in ihrem Herzen begreifen können.
Eines Tages kam Sekar spätabends zu Kentens kleiner Hütte. In ihrem Gesicht spiegelte sich Traurigkeit wider. Sie stürzte sich auf die fünf Jahre ältere Kenten, umarmte sie fest und weinte sich aus.

»Ich möchte bei dir schlafen, Kenten. Ich bin sehr beunruhigt«, brachte sie stockend hervor und ließ ihren Kopf auf Kentens Schulter fallen.

»Ich werde mich niemals geschlagen geben. Ich muss es schaffen, eine Joged-Tänzerin zu werden. Ich möchte dieses Tanzkostüm tragen, Kenten. Dieses wunderschöne Gewand! Ich möchte das Tuch mit den traditionellen Motiven und den Kebaya tragen, dazu das Schultertuch und die goldene Blumenkrone. Ich mag diese Krone. Erst recht die Champaca-Blüte, die sie verziert. Sie hält ewig, denn sie ist aus Holz geschnitzt. Der Joged ist ein unterhaltender Tanz. Ich kann frei wählen, nach welchem Stil ich tanzen möchte. Ich will alle Augen verbrennen, die meinen Körper tanzen sehen. Meinst du, meine Wünsche sind zu hoch gesteckt?«

»Nein.«

»Warum also weicht mir die Leiterin der Joged-Gruppe jedes Mal aus und versucht ihren Blick abzuwenden, wenn sie an mir vorbeigeht?«

»Hab Geduld.«

»Ich kann diese Behandlung nicht akzeptieren, Kenten. Es ist eine Demütigung! Später werde ich mit allen Leuten abrechnen, die mir bei der Erfüllung meiner Wünsche Steine in den Weg gelegt haben. Ich habe das Recht, sie zu verwirklichen!«

»Sekar!«

»Ich schäme mich, vor dir zu weinen.«, sagte Luh Sekar. Kenten schaute sie an. Sekar war die schönste Frau im Dorf. Sie besaß nicht nur einen wundervollen Körper, sie hatte auch die gleichen Ambitionen wie Kenten selbst. Sie wollte ihr Schicksal selbst in die Hand nehmen. Kentens Liebe zu Sekar wurde immer stärker. Konnte sie diese Frau haben? Ihre Haut berühren und ihre geheimsten Wünsche kennen? Kenten atmete tief ein.

Luh Sekar wischte sich unwirsch die restlichen Tränen aus dem Gesicht. Sie saß zu Luh Kentens Füßen und hielt ihre Hand fest umschlossen. Ungeduldig flehte sie Kenten an: »Begleite mich bitte zum Tempel!«

Kenten streichelte über Luh Sekars Haar. Ihre Brust schmerzte. Sie selbst wusste nicht, wer eigentlich in dieser Beziehung die Position des Dienenden hatte. Eine Beziehung, für die es keine Regelung in der Geschichte der Menschheit gab und von der die Leute sagten, dass sie krank sei.

»Bin ich wirklich krank? Weil ich beim Anblick eines Mannes keine Freude empfinde, fällen die Leute einfach das Urteil, Kenten ist krank. Seelisch krank. Sie benötigt die Hilfe eines Psychologen. Wer ist eigentlich in Wahrheit krank? Ich? Oder die anderen? Die Leute, die niemals meine Gefühle verstehen wollen! Alle Männer sehen Sekar stets mit hungrigen Blicken an, wieso ist es mir nicht erlaubt, dass auch ich ihren Körper berühren möchte? Sie küssen und wissen möchte, wie sie unbekleidet aussieht?« Luh Kenten sprach die ganze Zeit mit sich selbst. Ihr Blick schien getrübt. In ihrer Brust empfand sie Beklemmung.

»Du bist schon wieder in Gedanken. Hilf mir, Kenten!«, nörgelte Sekar. Ihren Kopf ließ sie in Kentens Schoß sinken.

»Wozu gehst du spätabends zum Tempel?«, fragte Kenten.
»Ich möchte beten und zu den Göttern sprechen, damit sie wissen, dass ich wirklich eine Joged-Tänzerin werden will. Die Joged-Gruppe soll durch mich berühmt werden. Die Ältesten des Dorfes mögen durch die Götter erfahren, dass ich würdig bin, eine Tänzerin zu werden.«
»Was machst du, wenn die Götter deine Gebete nicht erhören?«
»Sag so etwas nicht!«
»Hast du Angst, dass deine Gebete nicht erhört werden?«
»Ja.«
»Beginnst du, unsicher zu werden?«
»So ist es nicht.«
»Sondern?«
»Hör gut zu. Damit unsere Wünsche wahr werden können, müssen wir ganz fest daran glauben. Ich bin wütend, Kenten, sehr wütend! Sehen die Dorfältesten nicht, dass ich es wert bin, eine Tänzerin zu werden? Es steht mir zu, eine respektierte Frau zu sein. Du musst dir sicher sein, dass meine Wünsche erhört werden. Wenn du davon überzeugt bist, werden uns die Götter bestimmt helfen. Los, Kenten, konzentriere dich! Tu es für mich! Ich bin es leid, eine Benachteiligte zu sein. Ich habe es satt zu sehen, dass meine Familie keinen Platz in dieser Gesellschaft bekommt und wir gemieden werden. Es tut sehr weh, so zu sein wie ich. Ich möchte die Nummer eins werden, eine Frau, der es zusteht, wichtige Entscheidungen zu treffen. Los, Kenten, gehen wir«, sagte Sekar und sah Kenten direkt in die Augen.

»Hast du den Mut, so spät am Abend zum Tempel zu gehen?«, fragte Kenten.
»Mit dir ja.«
»Hast du keine Angst, von jemandem erwischt zu werden?«
»Warum?«
»Wer weiß, vielleicht werden die Leute erzählen, dass wir unsere Kenntnisse in Pengeleakan, in schwarzer Magie, vertiefen. Hast du keine Angst davor?«
»Nein!«
»Ernsthaft? Bist du dir sicher?«
»Ja! Los, zieh dich um. Ich habe bereits die Gebetsutensilien vorbereitet. Wir müssen um Mitternacht im Tempel sein. Morgen kehren wir in aller Frühe zurück nach Hause.«
»Sekar, Sekar. Wenn du dir mal etwas in den Kopf gesetzt hast, bist du absolut nicht mehr davon abzubringen.«
»Es geht um meine Zukunft, Kenten.«
»Ja, ich weiß.«
Die Ernsthaftigkeit Luh Sekars ergriff Luh Kenten. »Sekar stammt wirklich aus einer anderen Welt«, dachte Kenten.

Die Götter und alle Vorfahren des Dorfes erhörten die Gebete Luh Sekars, der Frau, deren Wünsche niemals endeten.
»Ich danke Hyang Widhi, Luh. Ich stehe in der Schuld der Götter des Tempels.«
»Du hast bestimmt noch einen Wunsch.« Luh Kenten blickte Luh Sekar nicht gerade erfreut in die Augen.
»Ja. Ich möchte wissen, ob ich bereits die schönste Pragina geworden bin. Eine Tänzerin, die wirklich alle Män-

ner ködern kann, die zu ihren Auftritten kommen. Was denkst du? Bin ich schon soweit?«
»Du träumst zu viel!«
»Das ist kein Traum, Luh.«
»Als was würdest du denn dann deine Wünsche bezeichnen? Eine Tänzerin bist du bereits. Ein Star ebenfalls. Was willst du denn noch?«
»Ich möchte die Schönste werden.« Sekar blickte Kenten an. In Kenten schäumte das Gefühl der Liebe über, während Sekars Gefühle sich lediglich auf ihren Ehrgeiz beschränkten, der von Tag zu Tag größer wurde.
»Warum sagst du nichts?«, fragte Sekar verwundert.
Sie hoffte, Kenten würde ihr beim Ausziehen des Kleides behilflich sein. Kentens Hände zitterten. Zum ersten Mal würde sie Luh Sekar nackt sehen.
»Hyang Widhi! Wie viele Jahre sehne ich mich schon danach. Ihr Körper bringt mich fast um den Verstand. Oh, Hyang Widhi, gib mir die Kraft, mein Verlangen, ihn zu berühren, im Zaum zu halten!«
Luh Kenten schloss ihre Augen. Sie hatte Angst, Luh Sekar würde ihre Tränen bemerken.
»Hyang Widhi! Mein Körper scheint zu explodieren! Hilf mir, Hyang Widhi, hilf mir!«
Kenten kniff ihre Augen noch fester zusammen, als sie hörte, wie die Kleidungstücke, die Sekars Körper bedeckten, eines nach dem anderen zu Boden fielen.
Sekar drehte sich um. Noch immer geschminkt wie eine Tänzerin und mit der goldenen Blumenkrone auf ihrem Kopf stand sie nun da. Nur die Petroleumlampe beleuch-

tete ihren Körper. Die Stimmung wurde immer unheimlicher, als die Flamme in der Lampe plötzlich flackerte. Es war nur ein Luftzug. Kenten sammelte zitternd die einzelnen Kleidungsstücke auf.

»Findest du mich schön?«, fragte Sekar zum wiederholten Mal.

Sanft hob sie Kentens Kinn an und zwang sie, sie anzusehen. Diese hielt ihren Blick weiterhin gesenkt. Sie befürchtete, Sekar würde das Geheimnis, das sie in ihrem Herzen trug, erkennen.

»Was ist los mit dir? Warum sagst du nichts zu meinem Körper? Schämst du dich? Ich hoffe, du bist meine wahre Freundin. Du bist keine dieser Frauen, die mich mit Neid und Missgunst anschauen. Seit ich dich kenne, sehe ich in dir mehr als nur eine Freundin. Du bist ein Teil meines Lebens. Später, wenn mein Traum einmal in Erfüllung gegangen ist, möchte ich, dass du bei mir bleibst. Uns soll nichts trennen. Die anderen Frauen bedeuten mir nichts. Sie haben nur Hohn für mich übrig. Ich weiß, in Wahrheit sind sie Feiglinge, die Angst haben, mit mir zu konkurrieren. Früher hatte ich immer nur Pech, deshalb möchte ich einen Wettkampf mit mir selbst durchführen. Jetzt will ich mein Schicksal selbst in die Hand nehmen. Für mich ist das Leben ein niemals enden wollender Kampf. Bevor ich mein Schicksal nicht besiegt habe, will ich nicht sterben! Im Moment erwarte ich nur von unserer Freundschaft, dass du mich begutachtest. Schimpf ruhig mit mir, auch wenn du denkst, dies könnte mir wehtun. Aber hör bloß auf, den Kopf zu senken

und zu schweigen!«, sagte Sekar ernst. Ihren Körper ließ sie unverhüllt. Luh Kenten schauderte.
»Hyang Widhi, ich kann das nicht. Nein!«, murmelte Luh Kenten. Tränen liefen wie klares Wasser über ihr eigenwilliges Gesicht.
»Hyang Widhi! Du weinst? Meinetwegen? Wegen meiner Worte?«
»Nein. Es ist nicht dein Fehler, Sekar. Nein.«
»Wieso weinst du? So kenne ich dich gar nicht. Was ist los?«
»Nichts, nichts ist los.« Kenten holte tief Luft. »Zieh dein Kleid an!« Diesmal klangen Kentens Worte eher nach einem Befehl.
»Ich will nicht!«
»Am Ende sieht dich noch jemand, Sekar!«
»Na und? Lass die Leute doch wissen, wie mein Körper aussieht! Ich möchte mich nicht anziehen, bevor du nicht meine Frage beantwortet hast!«
»Du benimmst dich wie ein kleines quengelndes Kind.«
»Und wenn schon!«
»Sekar!«
»Werde ruhig wütend. Ich werde mich trotzdem nicht anziehen!«
Luh Sekar provozierte Luh Kenten, während sie aufrecht dastand mit völlig nacktem Körper. Luh Kenten seufzte.
»Ich werde vor dir tanzen. Vielleicht fällt es dir dann leichter, dir eine Meinung über meinen Körper zu bilden.«
»Lass das! Ich flehe dich an, tu das nicht!«
»Warum?«

»Ich kann das nicht in Worte fassen, Sekar!«
»Ich glaube nicht, dass es Gefühle gibt, die nicht in Worten ausgedrückt werden können.«
»Sekar, versuche zu lernen, die Gefühle anderer mit deinem Herzen zu hören!«
»Ich will nicht! Ich möchte tanzen. Ich werde den Legong Keraton vor dir tanzen. Das ist ein Grundtanz, den jede Tänzerin beherrschen muss und der von anmutigen und geschmeidigen Bewegungen lebt. Du wirst dir sicher ein gutes Bild von meinem Körper machen können.«
Luh Sekar nahm einen Fächer und hob ihre Arme. Ihre Finger waren gespreizt und wurden vom Schein der Lampe überzogen. Sie wirkte fast überirdisch schön.
Luh Kenten nahm all ihren Mut zusammen, um sich die Rundungen ihrer Freundin genau anzusehen. Das Herz klopfte ihr bis zum Hals. Sie hatte nie zu hoffen gewagt, den nackten Körper Luh Sekars, der mit der Krone so vollkommen war, mit eigenen Augen sehen zu dürfen.
Luh Sekar war in ständiger Bewegung. Schweiß bedeckte Brust und Hals. Die zwei Fleischklumpen, die Luh Kenten an sich selbst so hasste, wurden nun interessant. Sie wippten an Luh Sekars Körper.
Luh Kenten stand still, konzentrierte sich darauf, den Donner, den sie immer stärker in sich aufkommen spürte, zu besänftigen. Sie spürte, dass zwischen ihren Beinen bereits ein Fluss ihre Unterwäsche durchnässte. Diese Tatsache beunruhigte sie zunehmend. Dann konnte Kenten es nicht mehr aushalten. Sie umarmte Sekars Körper fest. Ihr schwerer Atem war nun nicht mehr zu überhören.

»Tu dies nie wieder vor mir, Sekar. Nie wieder! Wenn dir unsere Freundschaft etwas wert ist, wirst du meine Bitte sicherlich akzeptieren«, sagte sie mit stockender Stimme. Luh Sekar lachte und erwiderte ihre Umarmung noch fester.
»Sag mir, bin ich die Schönste?«
»Zieh dich an!«
»Ich ...« Sekar wollte protestieren, aber Kenten hielt ihr den Mund zu.
»Ich werde nicht antworten, wenn du nicht angezogen bist!« Kentens Stimme klang diesmal sehr ernst. Sekar nahm die Krone ab und zog ihr Kleid an.
»Nun bin ich angezogen, also sprich!«
»Du bist ein Joged-Star, Sekar. Du bist schön. Aber dein Blick ist häufig leer. Du scheinst nicht da zu sein, wenn du tanzt. Dies ist dein einziger Makel.«

»Stimmt es, was Kenten gesagt hat? Bin ich wirklich schön? Bis jetzt habe ich meine Zeit damit verschwendet, mit meinem Schicksal zu hadern und den Mann zu verfluchen, der für die meisten Probleme in meinem Leben verantwortlich ist«, murmelte Sekar zu sich selbst.
Sie dachte an den Mann, der ihrer Familie großes Leid zugefügt hatte. Er hatte ihnen nicht die Chance gegeben, ihr Leben selbst zu wählen. Seine Taten waren der Grund für die hoffnungslose Zukunft Sekars, ihrer zwei Schwestern und einer blinden Frau.
Wenn ihr Vater doch bloß nicht in diese nebulöse Bewegung verwickelt gewesen wäre, dann hätten die Leute des

Dorfes Luh Sekars Familie bestimmt nicht mit solcher Verachtung gestraft. Und es wäre nicht so weit gekommen, dass ihre Mutter, Luh Dalem, blind geworden wäre.

Damals, als Luh Sekar neun Jahre alt gewesen war, stellte Luh Dalem das Rückgrat der Familie dar. Sie war eine einfache Frau ohne besondere Fähigkeiten. Luh Dalem konnte nur im Garten arbeiten, Gemüse und Obst anbauen und Schweine züchten.

Eines Tages konnte Sekar nicht mit ihrer Mutter zum Markt Kumbasari gehen, um Schweine zu verkaufen, weil ihr in der Schule eine Prüfung bevorstand. Den ganzen Tag musste Sekar lernen, da sie mit einer guten Note in die nächste Klasse versetzt werden wollte. Der Schulleiter hatte versprochen, der beste Schüler werde die Bücher umsonst bekommen und es würden ihm überhaupt keine Kosten auferlegt, solange er in seine Schule ginge.

»Lerne fleißig, Luh! Es macht mir nichts aus, allein zu gehen. Denke daran, die Türe richtig abzuschließen, ja?«

Luh Sekar hatte mit einem Nicken geantwortet.

Bis zum heutigen Tage erinnert sie sich noch deutlich an das ehrliche, aufrichtige Lächeln ihrer Mutter und an das, was sie ihr im Hinausgehen zugerufen hatte: »Ich werde dir ein neues Kleid mitbringen. Auch die besten Schuhe für die Schule. Möchtest du das?«

Sekar hatte genickt und dann die Tür fest hinter ihr verschlossen.

Kapitel 4

Es gab weder neue Kleider und Schuhe noch Kuchen und Bonbons. Auch kein Geld. Luh Sekar musste mit ansehen, wie die Dorfbewohner den blutbeschmierten Körper ihrer Mutter hereintrugen.

Fast eine Woche lang regte sich die Frau, die sie über alles liebte, nicht. Es hieß, sie sei überfallen worden.

»Hyang Widhi, was hat mein Vater nur getan, dass ein Unglück nach dem anderen über uns hereinbricht? Wir leiden Hunger, weil wir nicht genügend Geld haben. Außerdem sind wir den Demütigungen und zynischen Blicken der Leute ausgesetzt. Jetzt muss sich Mutter auch noch in die Rolle einer blinden Frau hineinfinden.« Luh Sekar zerriss es innerlich.

Mit einem Tuch wischte sie über die Wangen der schwachen Frau, die auf der Ruhebank aus Bambus lag. Es gab nichts, was sie sich hätten sagen können. Trotz ihres jugendlichen Alters konnte Luh Sekar bereits spüren, wie viel Leid auf den Schultern ihrer geliebten Mutter lastete. Seit man sie ohnmächtig und mit verwundeten Augen gefunden hatte, zog sie sich häufig zurück. Ihre Tochter war es, die zum Markt ging.

Schleppenden Schrittes zog Luh Sekar das Schwein, das verkauft werden sollte, hinter sich her. Erst von den Marktleuten erfuhr sie, was ihrer Mutter wirklich passiert war. Man erzählte, Luh Dalem sei vergewaltigt worden. Kein Wunder, dass sie fast nichts am Leibe trug, als man sie fand!

Mehr als drei Männer sollten sich an ihrer Mutter vergangen haben. Luh Sekar schauderte, als sie diese Geschichte hörte. Doch die mitfühlenden Blicke der Menschen auf dem Markt von Denpasar vermochten sie ein wenig zu trösten. Andere hätten diese mitleidigen Blicke sicherlich verletzt. Nicht aber Luh Sekar! Im Gegenteil, sie wusste diese Situation für sich zu nutzen.

»Hast du schon gegessen, Sekar?«, fragte eine Obsthändlerin. Sekar wischte sich den Schweiß von der Stirn und schaute die Frau, ohne ein Wort zu sagen, resigniert an.

Des Mitgefühls der Händlerinnen konnte sie sich stets sicher sein. Normalerweise schenkten sie ihr Obst, das sie zum Verkauf anboten. Einmal gaben sie ihr sogar Geld und ein Päckchen gekochten Reis. Jedes Mal konnte Luh Sekar einen gefüllten Korb nach Hause bringen. Ihr zarter Körper wankte beim Gehen. Zu schwer waren all die Bananen, Zitronen, Salak, Äpfel und anderen Früchte. Bei dem Gedanken an die Gutgläubigkeit der Obsthändlerinnen musste Sekar innerlich lachen. Wenn die wüssten, wie lange sie diesen leidenden Gesichtsausdruck geübt hatte. Ihr hartes Training machte sich schon bald bezahlt. Immerhin brachte es genug ein, um Reis und das, was für das tägliche Leben gebraucht wurde, zu kaufen. Selbst die

Ausgaben für die religiösen Zeremonien konnten damit gedeckt werden.
Das einzige Problem war Mutter. Jedes Mal protestierte sie, wenn Sekar einen Korb gefüllt mit Obst, einer Handvoll Reis oder auch etwas getrocknetem Fisch nach Hause brachte.
»Bettelst du etwa, Sekar?«, fragte Luh Dalem streng.
»Aber nein, Meme! Die Händlerinnen geben mir das alles. Wenn ich bezahlen möchte, lehnen sie ab. Sie sagen, es ist für dich«, antwortete Luh Sekar mit gesenktem Kopf.
Angst! Sie hatte Angst, ihre Mutter könne ihren Lügen auf die Schliche kommen. Was würde sie erst sagen, wenn sie erfuhr, dass es Wayan Ranten, der Hühnerschlachter, war, der ihr oft half, die Schweine zum Markt in Denpasar zu ziehen. Dank des alten Mannes musste Sekar sich nicht damit abmühen, an dem rauen Seil zu zerren. Wie lästig war doch diese Arbeit. Vor allem, wenn das Schwein sich nicht vom Fleck bewegen wollte. Zum Glück scheute Ranten die Mühen nicht. Vielleicht war es Sekars trübsinniges Gesicht, das bei Ranten, diesem Mann, der niemals geheiratet hatte, Mitleid auslöste. Na und? Je mehr Leute Anteil an ihrem Schicksal nahmen, desto deutlicher spürte Luh Sekar, dass sie offensichtlich mit jedem ihr Spiel treiben konnte.
Bislang hatte sich Sekar immer aus der Dorfgemeinschaft ausgeschlossen und als minderwertiges Mitglied der Gesellschaft gefühlt. Seit dem Unglück, das ihrer Mutter widerfahren war, zeigten sich fast alle Menschen hilfsbereit

Sekar gegenüber. Was war falsch daran? Schließlich war es auf dieser Erde nicht verboten, einmal Glück zu haben. Luh Sekar wusste, Menschen wie ihr fiel das Glück nicht einfach so in den Schoß. Es war so schwer zu erreichen, und es kam auch nur einmal im Leben. Was also sprach dagegen, das Glück zu nutzen, wenn es sich einmal geneigt zeigte? Luh Sekar wusste, ihre Lebensgeschichte rief bei den Leuten, die ihr halfen, Mitleid hervor, dieses essentielle Gefühl, das einfach jeder Mensch in sich trug. Immer und immer wieder sprachen sie die Menschen auf dem Markt auf das Verbrechen an, das an ihrer Mutter verübt worden war. Als gäbe es für sie keine aufregendere Geschichte als die des Schicksals von Sekars Familie.

Die Erzählungen der Leute trieben immer neue Blüten, als herauskam, dass Luh Dalem schwanger war. Die Frau trug ein Kind in sich, dessen Vater unbekannt war. Wiederholt sah Sekar, wie sich ihre Mutter erbrach, nachdem sie ein Gebräu von undefinierbarer Farbe getrunken hatte.

»Sekar, besorge mir unreife Ananas. Zehn Stück!«, wies Luh Dalem ihre Tochter gereizt an. Ihre Stimme zeugte von Wut, die kurz vor dem Ausbruch stand. Und ihr Körper wurde immer ausgezehrter.

Jeden Tag beobachtete sie aufs Neue, wie ihre Mutter nichts als diese Früchte aß. Reis dagegen rührte sie nicht an. Wenn nicht aus den Mündern der Marktleute, hätte Luh Sekar sicherlich niemals erfahren, dass die unreifen Ananas dafür bestimmt waren, ihr zukünftiges Geschwisterchen abzutreiben. Luh Sekar konnte dies nicht verstehen. Wie gemein war ihre Mutter doch. Wie konnte sie es übers Herz bringen, das Kleine umzubringen? Damals war Sekar zehn Jahre alt.

Dank der Ermahnung einer Hebamme, die gerade ihre Ausbildung in Yogyakarta abgeschlossen hatte, ließ Sekars Mutter es schließlich zu, dass ihr Leib immer weiter wuchs. Die Hebamme sagte, sie könne sterben, wenn sie immerzu versuche, mit aller Gewalt den Fötus herauszutreiben. Sie gab Luh Dalem zu bedenken, was wohl aus Sekar werden würde, wenn ihre Mutter tatsächlich stürbe. Sie hatte ganz offensichtlich Mitleid mit Luh Dalem. Nach jeder Untersuchung weigerte sich die Hebamme, Geld von Sekars Mutter anzunehmen. Sie war es auch, die ihr bei der Geburt zur Seite stand, ohne auch nur das Geringste dafür zu verlangen.

Schließlich brachte Sekars Mutter Zwillinge zur Welt. Die Hebamme gab ihnen die Namen Luh Kerti und Luh Kerta. Sekar war begeistert von den beiden niedlichen Mädchen. Und auch ihre Mutter, die zu Beginn den Eindruck erweckt hatte, als liebte sie die Zwillinge nicht, konnte bald bei kleinen Ungezogenheiten der beiden nicht mehr böse sein. Sie begann die zwei pfiffigen Kinder zu lieben.

Leider bereiteten Kerti und Kerta mit zunehmendem Alter immer mehr Ärger. Erst recht nachdem sie von ihrer unerwünschten Geburt erfahren hatten. Immer wieder schafften sie es, Sekar mit ihrem Benehmen das Leben schwer zu machen. Sie klauten ihren Schmuck oder liehen sich ohne Erlaubnis ihre Kleider aus. Doch aus Rücksicht auf ihre Mutter vermied Sekar jeglichen Streit deswegen. Die blinde Frau wusste aber auch so stets, wie es in ihrem Herzen aussah. Eines Abends trat sie in Sekars Zimmer und sprach mit besorgter Stimme: »Deine Schwestern bereiten dir oft Schwierigkeiten, nicht wahr?«

»Nein, wirklich nicht, Meme. Denk doch nicht so etwas.« Luh Sekar umarmte ihre Mutter.

Jetzt, da sie zu einer jungen Frau herangereift war, verstand Sekar, warum die blinde Frau ihre Geschwister nicht gewollt hatte. Ihre Mutter sagte, ihre Schwestern haben das Böse im Blut. Ihre Geburt war nicht geplant und auch nicht erwünscht gewesen. Zum Glück hatten Sekars Schwestern wenigstens noch Respekt vor ihrer Mutter. Was, wenn es nicht so gewesen wäre? Die beiden hätten sicherlich alles zerstört, was ihnen unter die Augen kam.

Luh Sekar fühlte sich an eine Frage Luh Kentens erinnert. »Wie alt bist du, Sekar?«

»Das fragst du immer wieder.«

»Ich denke oft darüber nach, wie es sein kann, dass du immer noch so schön bist und dir bis heute dein kindliches Antlitz bewahren konntest. Dein Gesicht scheint allen Einflüssen zu trotzen. Es ist von einer Schönheit, die niemals verblüht. Kein Wunder, dass dich immer noch so viele Leute wie früher auf der Bühne tanzen sehen möchten.«

Luh Sekar wollte darauf nichts antworten. Eine alte blinde Frau hatte ihrem Körper etwas verliehen. Die Gabe, jeden Mann, nach dem es sie gelüstete, zu ködern. Nun

war es ihr Ziel, sich Ida Bagus Ngurah Pidada zu angeln. Sicherlich war dieser Mann in der Lage, sie von dem Geschwür der Armut und den niemals endenden Anfeindungen zu befreien.
Doch leider gab es da noch diese alte wunderschöne Frau, die ihr nicht ihren Segen gab. Diese wünschte sich eine Schwiegertochter, die ein »Ida Ayu« in ihrem Namen führte, und nicht etwa »Ni Luh« wie es bei ihr der Fall war. Sekar musste für die Erfüllung ihres Traumes kämpfen. Und ihre Mutter hatte Verständnis dafür. Zwar sprach sie darüber niemals mit Sekar, doch sie wusste sehr genau, welche Schritte eine Frau mit dem Namen Ni Luh Sekar unternehmen musste. Sie sagte, der Name, den Sekar trage, bedeute Blume und bringe Glück. Nur eine allseits respektierte Frau weiß den Wert der Blumen zu schätzen. Deshalb hatte die Mutter ihr den Namen Sekar gegeben. Die Blumen sollten ihre Schönheit an ihre Tochter weitergeben.
»Sekar bedeutet Blume. Als Blume gehörst du an die höchste Stelle. So muss es sein. Ich werde dich dabei unterstützen. Finde deinen Weg!«

* * *

Diese Geschichte hatte Telaga über ihre Mutter gehört, die Frau, die ihre Ziele in der Hoffnung auf ein besseres Leben zu hoch gesteckt hatte. Und doch versuchte sich die Mutter unaufhörlich einzureden, dass ihre Entscheidungen stets die Richtigen waren.

Nach dem offiziellen Heiratsantrag von Ida Bagus Ngurah Pidada hatte sich Sekar von ihrer Familie und ihren alten Lebensgewohnheiten zu trennen. Doch nicht nur das. Sie musste ihren Namen ändern und außerdem alles, was sie bis ins Erwachsenenalter begleitet hatte, zurücklassen. Den ersten Schmerz bereitete ihr der Verlust ihres Namens Ni Luh Sekar. Sie musste sich an ihren neuen Namen, Jero Kenanga, gewöhnen. Diesen würde sie nun zeitlebens tragen. Mit ihm wurde ihr ein neues Leben eingehaucht. Ni Luh Sekar, die Sudra-Frau, war gegangen. Ihre Reinkarnation als Adlige hatte begonnen. Später einmal, wenn sie starb, würde ihre Seele im Körper einer Brahmana wiedergeboren werden.
Sekar durfte nun nicht mehr im Sanggah, dem Tempel ihrer Familie, beten. Auch war es ihr verboten, von den Früchten zu essen, die ihren Ahnen gewidmet waren.
Alles hatte sich geändert. Selbst das Verhalten der alten Frau, die ihr einst das Leben geschenkt hatte, hatte sich gewandelt. Ihre fast blinde und leicht vergessliche Mutter musste ihr mit Respekt und Hochachtung begegnen. Denn Luh Dalem hatte nun eine niedrigere soziale Stellung als ihre Tochter. Luh Sekar durfte nicht mehr gemeinsam mit ihrer Familie speisen, durfte keinen Reis aus einer Schale erhalten, aus der schon jemand vor ihr etwas genommen hatte. Alles änderte sich.
All diese Opfer brachte Luh Sekar. Sie musste nicht nur ihre alten Lebensgewohnheiten aufgeben. Man hatte sie auch der ihr vertrauten Welt entrissen, die ihr einst geholfen hatte, zu einer Frau heranzureifen. Nun musste sie

sich eine neue Welt aufbauen. Jedes Mal, wenn sie in das Haus ihrer Familie zurückkehrte, musste sie eine andere Haltung annehmen. Die Menschen zu Hause wiederum mussten ihr Respekt zollen. Sekar brachte dies in Verlegenheit. Dieses Gefühl verstärkte sich noch durch das gemeine Verhalten ihre beiden Schwestern. Aus Luh Kertas und Luh Kertis Worten sprach der reine Spott.

»Jero sehen sehr schön aus. Bestimmt sind Jero glücklich!«, sagte Luh Kerta zynisch.

»Ja wirklich, wie schön Jero doch jetzt aussehen. Sicherlich fühlt sich Jeros Mann sehr wohl zu Hause und er begehrt keine anderen Frauen. Jero sind bestimmt ...«

»Kerti! Was ist los mit dir? Meinst du etwa, du bist bereits etwas Besseres als deine ältere Schwester?«, schimpfte Luh Dalem. Wütend schlug die alte Frau mit ihrem Stock auf den Boden. Luh Kerta und Luh Kerti warfen höhnische Blicke in Richtung ihrer Mutter und verschwanden im Inneren des Hauses.

Sekar konnte nur schweigen. Ihre Gedanken überschlugen sich. Wussten die beiden, welch außergewöhnlicher Kampf ihre Geburt für die alte, mittlerweile gebrechliche Frau gewesen war? Verspürten ihre beiden Schwestern ebenso wie sie den Wunsch, die Frau, die ihren Körper mit ihnen geteilt hatte, glücklich zu machen? Oder machten sie sich wenigstens schon darüber Gedanken, wie sie die unehrenhafte Geschichte ihrer Zeugung wiedergutmachen konnten? Kannten ihre Schwestern diese Geschichte? Verstanden sie, dass es Zeit war, auf eigenen Füssen stehen?

Immer wieder fragte Sekar den Gott des Lebens, welchen Vergehens sich ihre Mutter wohl schuldig gemacht hatte, dass Pech und Leid nicht aufhörten, ihr Leben zu bestimmen. Erstaunlicherweise verlor sie nie den Mut, sondern fügte sich stets ihrem Schicksal.
Luh Sekar atmete tief ein. Sie hatte ein beklemmendes Gefühl in der Brust, spürte Schmerzen. Sie wurden noch stärker, wenn sie sich an den Moment erinnerte, als sie ihrer Mutter mitgeteilt hatte, dass ein Brahmana um ihre Hand anhalten würde.
»Du bist nicht mehr die Ni Luh Sekar, mein Kind von damals. Du bist meine Zukunft. Du verkörperst meinen einzigen Traum. Denn seit ich meinen Mann verloren habe, habe ich nur noch einen großen Wunsch. Nämlich den, eine bessere Generation zu schaffen. Ich bete zu den Göttern im Familientempel, dass es dir gelingen möge, den Kreislauf meines Karmas zu durchbrechen. Du sollst ein neues Geschöpf mit einem eigenen Karma werden. Das ist mein einziger Wunsch. Frag nicht, was ich mir sonst noch wünsche. Es ist nur das. Du musst meine Worte verstehen. Du bist nicht mehr Ni Luh Sekar. Dein Status ist nun höher als der aller Sudra-Frauen, einschließlich deiner Mutter, die dich geboren hat. Lerne, eine wahre Adlige zu werden. An noch etwas musst du denken: Bring gute Kinder zu Welt. Das wirst du nur, wenn du dir selbst sicher bist, dass durch deine Gene und die deines Mannes guter Nachwuchs geboren wird. Bewahre diese meine Worte, Sekar. Mach dir mein Leben zu Eigen. Nimm es dir zum Vorbild und lass dich von ihm leiten. Geh! Wei-

ne nicht. Werde eine neue Frau. Eine Frau mit Selbstachtung, Macht und großen Träumen. Heul nicht! Ich habe dich nicht zu einer Memme erzogen!«, sprach die Frau, die Sekar so sehr liebte, mit Nachdruck. Sekar wusste genau, niemand würde ihre Meinung ändern können. Sie bat sie auch, aus Rücksicht auf ihre neue Familie nicht zu oft zu ihrem alten Zuhause zurückzukehren. Es sei besser so. Außerdem fügte sie hinzu, Luh Sekar sei nun gestorben. Es lebe Jero Kenanga. Ein anderer Mensch!

Und als habe sie bereits geahnt, was ihr in nicht allzu ferner Zukunft widerfahren würde, endete sie emotionslos mit den Worten: »Sekar, du trägst nun keine Verantwortung mehr für diese Familie.«

Als Mitgift bekam Luh Sekar von ihrer Mutter nur eine Haarnadel geschenkt. Sie hatte eine ungewöhnliche Form, war merkwürdig spitz. Auch wirkte ihre Gravur veraltet. Sie war sehr fein gearbeitet und stellte eine Kenanga-Blume dar. Als Luh Sekar die Nadel berührte, spürte sie, wie eine seltsame Vibration von ihr ausging und in ihren Körper strömte.

Luh Sekar erschauderte.

»Was ist das bloß für ein Ding? Ich traue mich ja noch nicht einmal, es anzufassen!«

»Du weißt doch, ich besitze sonst nichts. Das ist das einzige, was ich habe«, sagte Luh Dalem ernst, während sie ihr einen kleinen Beutel entgegenhielt. »Leg die Nadel wieder zurück!«

Doch Luh Sekar dachte nicht daran, die antik wirkende Haarnadel wieder in den seltsam riechenden Beutel zu stecken. Sie wollte sie erst noch ein wenig genauer betrachten. Die Verzierung war sorgfältig gearbeitet. Fünf Steine schmückten die fremdartige Gravur.

»Woher hast du sie?«

»Frag nicht so viel. Bewahre sie gut auf! Diese magische Haarnadel gehört nun dir. Pass gut auf sie auf. Lass nicht zu, dass andere Leute sie berühren. Ich kann dir nichts über ihre Geschichte erzählen. Aber du musst mir glauben, sie wird dir helfen. Du wirst es eines Tages merken!«

Luh Sekar blickte der Frau tief in die Augen. Normalerweise pflegte ihre Mutter in Momenten der Stille den Kopf ihrer Tochter auf ihren Schoß zu legen und sie liebevoll zu streicheln. Jetzt aber nicht mehr. Die Frau wagte es nicht einmal mehr, Sekars Haar zu berühren.

Luh Sekars Status war nun höher als jener der Frau, die sie unter großer Anstrengung ausgetragen und großgezogen hatte. In diesem Moment überwältigte Sekar das Gefühl, niemanden mehr zu haben. Keine Familie, nicht einmal mehr ihre Mutter. Es herrschte nun eine Distanz zwischen ihnen, die nur schwer in Worte zu fassen war.

Hyang Widhi, war die alte Frau nicht damals selbst so versessen darauf gewesen, einen Brahmana in ihre Familie aufzunehmen? Sie hatte Sekar sogar garantiert, dass sie, wenn ein Brahmana sie heiraten würde, den Status ihrer ganzen Familie erhöhen könne. Ihr Leben würde sich dann zum Besseren wenden. Sekar hatte die Bedeutung dieser Worte schon früh begriffen und verinnerlicht.

In Sekars erstem Ehejahr gelang es ihren beiden Schwestern, eine Arbeit zu finden, so dass sich die wirtschaftliche

Situation der Familie etwas verbesserte. Und selbst die Menschen, die zuvor ihre Familie niemals eines Blickes gewürdigt hatten, verhielten sich seit der Hochzeit freundlicher. Doch leider hatte Sekar sich niemals ein Bild davon gemacht, welch hohen Preis sie für diese große Veränderung in ihrem Leben zu bezahlen hatte. Sie stand nun unter der ständigen Beobachtung ihrer Schwiegermutter. Der Frau, die oft wütend war, wenn Sekar ihre Familie besuchte.

»Nimm bloß nicht mein Enkelkind mit zu dir nach Hause. Meine Enkelin ist eine Brahmana, keine Sudra. Was denkst du dir bloß?! Wenn du sie zu häufig mit zu deiner Familie nimmst, wird es ihr an adliger Ausstrahlung fehlen«, schrie die Schwiegermutter. Sekar schwieg.

Telaga verstand und versuchte sich ganz bewusst vor Augen zu führen, wie schwer es war, eine Frau zu sein. In ihrer eigenen Familie hatte Sekar wie eine echte Adlige aufzutreten. Was für ein Unheil würde es heraufbeschwören, wenn Sekars Familie sie wie eine ganz gewöhnliche Frau behandeln würde?

Im Clan ihres Mannes aber galt sie weiterhin als Sudra. Sie hatte mit den Angehörigen des Griya in einer besonders gehobenen Sprache zu sprechen. Sie durfte nicht aus demselben Glas wie ihr eigenes Kind trinken. Auch durfte sie den Leuten keinen Reis anbieten, von dem sie zuvor schon etwas genommen hatte, nicht einmal dem Kind, das sie geboren hatte.

Telaga erinnerte sich noch daran, wie sie ihre Mutter einmal gefragt hatte: »Wieso trägst du vor deinem Vornamen kein Ida Ayu? Was bedeutet Jero eigentlich, Mama?«

»Ich bin keine Adlige, mein Kind, sondern eine gewöhnliche Frau. Im Körper deiner Mutter fließt kein adliges Blut. Eine Frau aus dem Volk, wie ich es bin, hat ihren Namen zu ändern, wenn sie in eine Griya-Familie einheiratet. Jero Kenanga ist mein neuer Name. Eine Sudra ändert ihren Namen, wenn sie einen Adligen heiratet. In der Regel sind es sehr schöne Namen, die man von der Griya-Familie erhält. Die Namen von Blumen. Meist besitzen sie auch eine tiefere Bedeutung«, erklärte Kenanga langsam und ausführlich.

»Was bedeutet Kenanga?«

Die schöne Frau mit den großen runden Augen antwortete nicht. Niemals erhielt Telaga von der Frau, die sie so sehr bewunderte, die Antwort. Viel später erst, als Telaga schon erwachsen und sich der Bedeutung ihrer Weiblichkeit bewusst war, erklärte ihr ihre Großmutter, Ida Ayu Sagra Pidada, was es mit dem Namen ihrer Mutter auf sich hatte.

Kapitel 5

Es stimmte, der Titel »Jero« musste von allen Frauen aus der Sudra-Kaste getragen werden, die Mitglieder der Griya-Familie wurden. »Kenanga« hingegen war der Name einer Blume, die umso mehr duftete, je älter sie wurde. Telaga mochte das Aroma, das ihr Blütenkelch ausströmte.

Der Name, den einer der Griya-Ältesten Luh Sekar verliehen hatte, hätte passender nicht sein können. Telaga dachte, dass der neue Name ihrer Mutter die Last ihres Lebens symbolisierte. Denn dieses wurde mit jedem Tag schwerer. Da waren die Probleme mit Vater, Großmutter und auch Großvater. Wie schwer war es doch, eine Frau zu sein. Es bereitete so viele Schmerzen.

Eines Morgens überbrachte ein Bote aus Mutters Elternhaus die Nachricht, der leblose Körper Luh Dalems sei im Fluss treibend entdeckt worden. Nachdem Mutter diese Nachricht gehört hatte, schrie sie immerfort. Telaga war der Ausdruck des Schmerzes in ihrem Gesicht noch immer gegenwärtig. Ebenso erinnerte sie sich noch gut an die Beschimpfungen der Großmutter.

Sie kritisierte Mutters Verhalten als nicht standesgemäß. Schließlich sei sie eine Adlige und dürfe ihre Emotionen nicht zeigen. Sie solle Autorität und unerschütterliche Ruhe ausstrahlen. Wenn sie sich so benehme, bringe sie ihrem Mann auch nicht den gebührenden Respekt entgegen. Telaga fragte sich oft, wie viele Regeln Mutter denn noch lernen musste, bis sie als wahre Adlige akzeptiert werden würde.

Die Vorschriften wurden sogar immer unerträglicher. Luh Sekar durfte den Leichnam ihrer eigenen Mutter nicht berühren, den starren Körper nicht waschen und ihm somit nicht die letzte Ehre erweisen. Als Angehörige des Griya saß Luh Sekar, die jetzt Jero Kenanga hieß, während der Ngaben-Zeremonie auf einem erhöhten Platz, von dem aus sie das ganze Ritual verfolgen konnte. Telaga wusste, dass das Herz ihrer Mutter blutete; es eiterte sogar. Und mit jedem Tag breitete sich der Fäulnisgestank weiter aus. Telaga konnte die Wunde förmlich riechen.

Das bedeutete es also, eine Frau zu sein? Telaga wünschte sich ein offenes Gespräch mit der alten Frau, die Vater zur Welt gebracht hatte. Sie wollte von ihr mehr über das Frausein erfahren. Telaga erhoffte sich von der vornehmen alten Frau klare Antworten. Was bedeutete es, eine Brahmana-Frau zu sein? Was erwartete sie von ihrer einzigen Enkelin?

Für Großmutter musste die Autorität stets gewahrt bleiben, damit die Menschen außerhalb des Griya sie achteten. Und brachte man ihr Respekt entgegen? Ja, das tat man. Großmutter hatte selbst ihre Familie fest im Griff. Nicht einmal Ida Bagus Tugur, ihr eigener Ehemann, wagte es, sich in ihrer Anwesenheit zu rühren oder sich auch nur zu räuspern. Seltsamerweise sah sie aber nur die Fehler ihres Ehemanns, nicht aber die ihres einzigen Sohnes, den sie so sehr bewunderte und der aber allzu oft Probleme machte: Vater.

In dem luxuriös ausgestatteten Haus fühlte sich Telaga immer einsam. Mutter sprach selten. Zu hören waren nur Großmutters Schimpfen und Vaters grobe Worte.

Der alte Mann, den Telaga »Großvater« nannte, war nicht mehr als schmückendes Beiwerk. Telaga hasste ihn. Er war so passiv. Immer schwieg er nur. Über seine bläulichen Lippen, die zu oft mit Zigarettenrauch in Berührung gekommen waren, kam niemals ein Wort des Widerspruchs.

Kapitel 6

Telaga wuchs heran. Nachdem sie die Menek Kelih-Zeremonie vollzogen hatte, eine Art Feier zur Geburt einer neuen Frau, war es für sie an der Zeit, die Haut ihrer Kindheit abzustreifen. Die Haut, in der sie sich so überaus wohl gefühlt hatte. Ihre Kindheit war für Telaga ein einziges Spiel gewesen, bei dem sie frei war, zu tun und zu lassen, was sie wollte. Eine der wundervollsten Biegungen auf der Straße ihres Lebens, zu der sie niemals mehr zurückgelangen würde. Eine Biegung, die Telaga ein Versteck bot und in der sie niemals das Gefühl hatte, etwas falsch zu machen, selbst wenn sie manchmal so ungezogen war, dass ihre Großmutter und ihre Mutter keine Worte dafür fanden. Diese verschwundene Welt hatte Telaga eine gewisse Macht verliehen.

»Mädchen dürfen sich nicht so schlampig hinsetzen«, kritisierte die Großmutter sie einmal und schlug ihr korrigierend auf die Oberschenkel.

»Sie ist doch noch ein Kind. Mach es ihr doch nicht so schwer«, sagte Telagas Großvater daraufhin selten energisch. Und dann brummten die Frau und der Mann wie üblich vor sich hin und beschimpften sich gegenseitig.

Damals war Telaga glücklich gewesen, weil man ihr Narrenfreiheit ließ. Sie konnte auf Mango-Bäume klettern und spielen, so viel sie wollte. Manchmal ließ sie sich auch zu einem Gerangel mit Jungen herausfordern.
Doch leider hatte das Leben ihr diese Zeit der Sorglosigkeit nicht unbegrenzt geschenkt. Schon bald musste Telaga sich ihm beugen. Halbherzig gab sie ihre Kindheit zurück. Oft dachte sie darüber nach, wie sie den Gott des Lebens betrügen könnte. Sie wollte sich so gerne in ihre Kinderzeit zurückstehlen – nur für ein oder zwei Tage. Wenn das doch nur irgendwie ginge.
Unglücklicherweise war Sang Hyang Hidup sehr mächtig. Man konnte sich nicht einfach bei ihm einschmeicheln oder ihn gar zu einem geheimen Bündnis überreden. Die von ihm aufgestellten Gesetze waren unumstößlich.
Jetzt brach für Telaga die schwierigste Zeit ihres Lebens an. Eine Zeit, angefüllt mit den verschiedensten Fragen über die Beziehung zwischen Mann und Frau.
Der erste Mensch, der sie in diesem Zusammenhang zum Nachdenken anregte, war Ida Bagus Tugur. Er erzählte ihr immer wieder die hinduistische Geschichte, wie loyal und respektvoll die Prinzessin Kunti stets ihre Familie und ihren Ehemann behandelte. Jedes Mal, wenn er von Kunti erzählte, schweifte sein leerer Blick in die Ferne, als ob er versuchte Telaga mitzuziehen, damit sie die Geschichte verstünde. Oft waren seine alten Augen trocken, und er bat Telaga, ihm Flüssigkeit hineinzuträufeln.
Was war das bloß für ein Leben? Die Menschen in diesem Haus behandelten Telaga wie ein leeres Buch, das es mit al-

ler Gewalt und so schnell wie möglich mit Inhalt zu füllen galt. Telaga musste die leeren Seiten ihrer Seele aushändigen, um sie mit etwas beschreiben zu lassen, das sie nicht wollte.
Eines Tages trat Jero Kenanga in Telagas Zimmer. »Du bist nun erwachsen, mein Kind! Hör gut zu, was ich dir zu sagen habe.« Telaga schauderte unter dem durchdringenden Blick der Mutter.
Es war ungewöhnlich, dass Kenanga das Zimmer ihrer Tochter mit solch förmlichen Worten betrat. War es etwa das, was man die Erwachsenenwelt nannte, die wahre Welt der Frau?
»Worüber möchtest du sprechen, Mutter?«
»Über viele Dinge. Hast du etwas Zeit?«
Telaga schwieg. Sie sah in die Augen der Frau, die in diesem Hause die zweite Stelle nach Großmutter einnahm, jener alten Dame, die Telaga immer lehrte, wie sie sich als erwachsene Frau zu verhalten hatte.
»Du bist meine ganze Hoffnung, meine Tochter. Später einmal sollst du einen Mann heiraten, der den Titel Ida Bagus trägt. Schließe meinen Ratschlag in dein Herz ein! Du bist nun kein kleines Kind mehr. Du darfst nicht mehr Fußball spielen. Du musst beginnen, dich wie eine Brahmana-Frau zu verhalten, lernen, wie man die unterschiedlichen Opfergaben anfertigt, musst auch wissen, wie man die Kokosblätter für die Zeremonien schnitzt. Bewahre meine Worte!«
Telaga hasste die Veränderungen, die ihr Körper durchmachte. Sie fragte sich oft, warum sie erwachsen werden musste. Warum musste eine Zeremonie für sie abgehal-

ten werden, und warum musste die ganze Familie eingeladen werden, um die Geburt einer neuen Frau zu bezeugen? Eine Frau? Wie fühlte es sich an, dieses neue Gewand zu tragen? Erwartete sie das gleiche Schicksal wie Großmutter? Oder wie Mutter?

Telaga seufzte und verbarg die vorher bereits von ihrer Großmutter erhaltenen Ratschläge tief in ihrem Inneren. Langsam hob sie ihren Kopf.

»Bestimmt gibt es noch etwas anderes, das du mir sagen möchtest, Meme.«

»Ja.«

Telaga rückte näher und blickte in das schöne Gesicht ihrer Mutter.

»Du bist jetzt eine richtige Frau«, sagte Kenanga.

»Ja, das hat Großmutter auch gesagt.«

»Hat sie dir etwa Ratschläge erteilt?« Mutters Stimme klang wie bei einem Verhör.

Telaga schwieg. Sie wollte darauf nicht antworten. Von klein auf hatte sie die ständigen Streitereien der beiden Frauen in diesem Haus mitbekommen.

Die eine fühlte sich immer mächtiger als die andere; die andere war zum Schweigen verurteilt. Aus ihrer Sicht hatten jedoch beide auf ihre Weise zur Entwicklung Telagas zur Frau etwas Gutes beigetragen.

»Nein. Warum?«, fragte Telaga ruhig und hielt dem Blick ihrer Mutter stand. Jero Kenanga war es unangenehm, von ihrer Tochter so gemustert zu werden. Sie holte tief Luft und berührte Telagas Hand.

»Du weißt, was es bedeutet, eine Adlige zu sein?«

»Nein.«
»Du bist jetzt kein Kind mehr. Du darfst keine kurzen Hosen tragen. Wenn du raus möchtest, dann trage einen Sarong, und dieser muss ordentlich gebunden sein. Rede nicht unüberlegt daher. Wahre mein Ansehen vor den Leuten des Griya. Selbst wenn ich keine Ida Ayu bin, so bin ich doch davon überzeugt, dass meine Tochter eine bessere Ida Ayu abgibt als hundert Ida Ayus zusammen.«
»Wovon sprichst du, Mutter?« Telaga blickte ihrer Mutter ernst in die Augen.
»Ich spreche von dir. Ich möchte, dass du verstehst, worauf es ankommt, und dass du mir keine Schande machst. Beweise den Leuten im Griya, dass auch du eine entzückende Tochter sein kannst.«
»Warum so viele Regeln, Mutter?«
»Dies sind nicht einfach nur Regeln. Es handelt sich hierbei um die ursprünglichsten aller Grundsätze, die wir einst von unseren Vorfahren erhalten haben und die du befolgen musst, wenn du glücklich werden möchtest.«
»Auf mein späteres Glück muss ich heute schon hinarbeiten?«, fragte Telaga ihre Mutter. Jero Kenanga riss erstaunt die Augen auf.
Sie fühlte sich an ihre eigene Jugend erinnert, an ihre Ungezähmtheit, aber auch an ihre Ambitionen. Nun begann sich auch in Telaga der Virus des Erwachsenseins auszubreiten und raubte ihr ihre Unbeschwertheit. Jero Kenanga lächelte und drückte Telagas Hand.
»Ja. Um dir eine Zukunft zu schaffen, bedarf es schon jetzt einer Planung.«

»Wenn ich das vorher gewusst hätte, wäre ich lieber nicht erwachsen geworden Es ist so kompliziert und anstrengend!«
»Du darfst so etwas nicht sagen.«
»Es gibt so viele Regeln, Mutter«, nörgelte Telaga. Sie drehte sich zur Wand und umklammerte ihr Kissen.
»Ich führe ein ernstes Gespräch mit dir. Und du schläfst einfach ein.«
»Ich schlafe nicht!«
»Wenn deine Mutter mit dir redet, musst du gut zuhören. Es ist unhöflich, jemandem den Rücken zuzudrehen, während er mit dir spricht.«
Telaga setzte sich wieder hin und blickte ihrer Mutter tief in die Augen.
»Warum schweigst du? Bestimmt denkst du gerade über etwas nach.«
»Ja.«
»Worüber?«
»Über vieles.«
»Nun komm mal näher«, sagte Jero Kenanga liebevoll. Telaga schaute ihre Mutter unvermindert an.
»Warum ist es nur so kompliziert, eine erwachsene Frau zu werden, Mutter?«
»So ist es auch wieder nicht. Lass dich auf dieses neue Leben ein, und schon bald wirst du es genießen. Es hält so viele Dinge für uns bereit, an die wir vorher nicht einmal im Entferntesten gedacht haben. Doch es gibt sie wirklich und wir müssen sie leben. Es ist etwas ganz Besonderes, eine Frau zu sein. Nun hast du schon deine

Menstruation. Das bedeutet, du bist bereits eine richtige Frau. Kannst du dir vorstellen, dass du jetzt kleine Babys gebären könntest? Ist das nicht unglaublich?«

»Wirklich, Meme? Ich werde solche kleinen lebendigen Puppen haben? Unvorstellbar!«

»Ich möchte mit dir etwas anderes besprechen. Die hübschen Puppen haben noch Zeit. Hör nun gut zu, was ich dir zu sagen habe«, sprach die Frau in ernstem Ton.

Telaga ließ den Kopf auf den Schoß ihrer Mutter sinken. Sie erhoffte sich eigentlich interessante Geschichten über die Puppen, die sie zur Welt bringen würde. Ihre Mutter hatte wirklich Recht, zur Frau zu werden war ein ganz außergewöhnlicher Prozess. Welch großartige Zukunft wartete da auf sie!

»Du wirst immer älter werden. Viele Erfahrungen hält dieses Leben für dich bereit, darunter auch ein besonders tief greifendes Ereignis. Du wirst dich nämlich nach jemandem sehnen. Ein Mann wird dich dazu bringen, absolut alles für ihn zu machen. Mit dem Mann, den du später lieben wirst, machst du die hübschen Puppen. Ich mache keine Scherze. Ich meine es ernst. Deshalb ist es mir auch wichtig zu verhindern, dass du dich für den falschen Mann entscheidest. Ich möchte, dass du mit mir über die Männer sprichst, die dein Denken so beherrschen, dass du keine Energie mehr für andere Dinge aufbringen kannst!«

»Nur eine Verrückte würde sich so verhalten.«

»Sag so etwas nicht. Früher oder später wirst du es selbst erleben.«

»Meme, du klingst wie eine Wahrsagerin.«
»Mein Kind, dies ist keine Weissagung. Es ist die Realität.«
»Das ist beängstigend!«
»Das muss es nicht sein. Es handelt sich um einen ganz natürlichen Prozess. Ich habe das alles schon vor langer Zeit erlebt.«
»Wirklich?« Telaga machte große Augen.
»Ja, denn du bist Mamas hübsche Puppe.« Jero Kenanga schluckte. Immer wieder musste sie ihre Tränen zurückhalten. Sie hatte das Bedürfnis, sich noch heute im Haustempel zu verbeugen, um ihren Ahnen und den Göttern zu danken und zu Hyang Widhi zu sprechen, da man ihr das hübscheste Mädchen geschenkt hatte, so wie sie es sich immer erträumt hatte. Kenanga kam es so vor, als ob die Erfüllung eines weiteren Traums in greifbare Nähe gerückt wäre. Sie hoffte, später würde ein Ida Bagus aus einer angesehenen Familie um ihre Tochter werben. Sie träumte von einer majestätischen und großen Hochzeit. Telaga würde einen Antrag bekommen und in einer Prozession von den Sisia und Dorfbewohnern begleitet werden.
Kenanga wurde jäh aus ihren Gedanken gerissen, als Telaga wieder sprach: »Ich werde das nie erfahren. Ich werde mich fest verschließen. Mir würden meine kleinen Puppen nur leidtun, wenn ihnen das gleiche Schicksal widerfahren sollte wie mir. Ich werde keinen Mann lieben!«
»Was sagst du denn da? Von nun an wirst du nicht mehr einfach so über das Leben daherreden. Wenn ein vorbeiziehender Gott deine Worte hört, werden sie am Ende noch Wirklichkeit. Sag so etwas nie wieder.«

Kapitel 7

Telaga hatte das Gefühl, es keiner der beiden Frauen des Hauses jemals recht machen zu können. Jedes Mal, wenn Jero Kenanga aus Telagas Zimmer trat, schaute ihre Großmutter misstrauisch.

»Was hatte Kenanga in deinem Zimmer zu suchen?«, fragte Telagas Großmutter dann schroff.

»Wir haben uns unterhalten, Großmutter.«

»Sei vorsichtig bei ihren Ratschlägen. Nicht, dass dich ihre Erziehung am Ende auf den falschen Weg bringt. Wie könnte meine Enkelin etwas von einer Joged-Tänzerin lernen, deren Körper für gewöhnlich von vielen Männern berührt wird?«

»Großmutter! Was sagst du denn da? Du bist es, die noch viel lernen muss! Mach nicht deine Vergangenheit zu meiner Zukunft. Meinst du etwa, du hast bislang ein sittsameres Leben geführt als meine Mutter?!«, schimpfte Telaga und blickte die alte Frau herausfordernd an.

Sie war wütend, ihre Großmutter auf diese Weise reden zu hören. In Wahrheit war die alte Frau doch nur eifersüchtig und meinte, ihr drohe Konkurrenz. Sie befürchtete, Telaga könne ihre Mutter mehr lieben als ihre Großmutter.

Der Mutter wiederum erging es nicht anders. Auch sie sparte nicht mit seltsamen Ratschlägen.
»Du musst den Belehrungen deiner Großmutter gegenüber kritisch sein. Dieser Frau mangelt es an Lebenserfahrung. Als Adlige lebt sie seit Kindertagen im Überfluss. Nichts musste sie sich erkämpfen. Keine besonderen Erlebnisse haben ihrem Leben eine Bedeutung gegeben. Ich dagegen habe viel Leid erfahren. Ich habe schon Hunger gelitten. Doch nicht nur das, ich war eine von der Gesellschaft ausgegrenzte Frau. Ich habe mir dieses Leben hier hart erkämpft. Du musst wissen, dich zur Welt gebracht zu haben, ist ein kleines Wunder!«
Immer wieder wärmte ihre Mutter die alten Geschichten auf: Über ihren Kampf, die Frau zu werden, die Telaga großgezogen hatte. Über ihren Kampf, eine Adlige zu werden. Telaga konnte es nicht mehr hören.
Eines Tages sagte ihre Mutter: »Werde die schönste Frau auf dieser Erde, mein Kind. Es muss dir gelingen. Jeden Tag bete ich nur dafür.«
Um diesem Ziel einen Schritt näher zu kommen, engagierte ihre Mutter eine Tanzlehrerin, bei der Telaga jeden Nachmittag Unterricht nehmen sollte. Ihr Name war Luh Kambren. Sie war die beste und teuerste Lehrerin des ganzen Dorfes.
Luh Kambren pflegte zu sagen: »Wenn du eine Tänzerin werden möchtest, musst du bereit sein, dich ganz den Göttern hinzugeben. Beim Tanzen musst du mit deiner Seele ein Zwiegespräch führen. Wenn du dazu nicht in der Lage bist, träume nicht davon, eine Tänzerin zu werden.«

Die Frau sprach mit kalter Stimme. Sie hatte einen scharfen und durchdringenden Blick. Es war, als könnten ihre Augen die Vergangenheit ihrer Besitzerin zerlegen und dann Stück für Stück mit Telaga teilen. Telaga bekam eine Gänsehaut, als sich ihre Blicke trafen.

»Hyang Widhi, welch weitere Frau tritt hier in mein Leben, um aus mir eine echte Frau zu machen?«, murmelte Telaga. Als sie Luh Kambren das erste Mal begegnet war, hatte sie es gleich bemerkt. Diese Frau umgab eine andere Aura. Es waren die Farben von Traurigkeit, Einsamkeit und Dunkelheit. Telaga zitterte jedes Mal, wenn sie in ihrer Nähe war. Sie fragte sich oft, ob die Götter sich nicht vor diesen angsteinflößenden Augen fürchteten. Sie waren so herausfordernd. Ihre Augäpfel glichen sehr spitzen Messern, die stets bereit waren, die Menschen, die sie nicht mochte, zu verletzen. Auch ihr Lächeln war kalt. Als ob diese alte und doch immer noch schöne Frau niemals vor irgendetwas Angst hatte.

»Schau mir ins Gesicht!« Die Stimme Luh Kambrens ließ Telaga für einen Moment den Atem anhalten. »Eine Tänzerin senkt niemals ihren Blick«, sagte sie kalt.

Telaga schwieg. Sie versuchte, dem Blick der Frau auszuweichen, indem sie ihre ganze Aufmerksamkeit dem Umbinden ihres Sarongs, den sie zur Tanzstunde trug, widmete. Vergebens. Luh Kambren hob Telagas Kopf. Ihre Blicke trafen sich.

»Schau mir in die Augen!«, befahl sie.

»Mein Kind, nun hab doch nicht solche Angst«, ertönte auf einmal die liebevolle Stimme Jero Kenangas. Sie strei-

chelte Telagas Schulter. Anschließend servierte ihre Mutter Getränke, etwas Kuchen und Obst. Dann verließ sie den Raum wieder. Telaga wäre ihr am liebsten hinterhergelaufen und hätte sofort hinter ihnen die Zimmertür fest verriegelt.
»Es gibt nichts, wovor du Angst haben müsstest«, sprach Luh Kambren nun in milderem Ton, nachdem Telagas Mutter nicht mehr zu sehen war. »Ich möchte, dass du mir richtig in die Augen schauen kannst. Denn dann werden dir diese Augen viel über mein Leben erzählen. Verstehst du, was ich dir sagen möchte?«
Telaga brachte immer noch kein Wort heraus.
Luh Kambren betrachtete das fünfzehnjährige Mädchen eingehend. Sie wusste nicht, warum, aber sie spürte, dass das Leben dieses Kindes einmal reicher an Geschichten sein würde, als es ihr eigenes war. Und sie erkannte, dass dieses Mädchen das richtige war, um ihm Taksu, die göttliche Kraft, mit der sie selbst gesegnet war, weiterzugeben. Taksu, das die Götter des Tanzes ihr einst verliehen hatten und das noch immer in ihr schlummerte. Früher hatte Kambren geglaubt, dass sie diese überirdische Energie mit in den Tod nehmen würde. Doch nach der Begegnung mit Telaga löste sich diese Vorstellung in Rauch auf. Plötzlich fühlte sie, diese junge Frau vor ihr war ihr Kind.
»Hyang Widhi, am Ende habe ich doch noch den passenden Menschen gefunden, dem ich die Bürde des Auserwähltseins übertragen kann«, sagte Kambren zu sich selbst, bevor sie tief einatmete.

Die Vergangenheit kam ihr ins Gedächtnis.
Damals, als Kambren in Telagas Alter war, war sie ein sehr unattraktives Mädchen vom Land. Sie war spindeldürr und kränkelte oft. Als ihr Dorf von einer Krankheitsepidemie heimgesucht wurde, hatten die Schamanen eine Eingebung: In ihrem Dorf sollte ein Tempel zur Verehrung der Götter des Tanzes erbaut werden. Sie sagten, dieses Dorf habe früher Künste von unsagbarer Schönheit beherbergt. Schließlich stand ein großer Tempel im Dorf. Die Menschen wunderten sich, wie die heilige Stätte so schnell hatte erbaut werden können, da die Dorfbewohner doch kaum Geld besaßen. »Dies ist eine Gabe Hyang Widhis. Auch die Götter des Tanzes haben geholfen«, sprachen die Pemangku.
Bei der Einweihungszeremonie Melaspas konnten die Mädchen, die niemals zuvor getanzt hatten, mit einem Mal tanzen. Auch sangen sie die Lieder vergangener Zeiten in Alt-Javanisch, der Sprache ihrer Vorfahren.
»Wir sind von den Seelen früherer Tänzerinnen besucht worden«, flüsterte jemand.
Die kränkliche Kambren rannte zum Tempel und konnte eine wundervolle Ballade singen. Zudem tanzte sie gut. Mit einem Mal gab es eine Sekehe Arja.
Alle bereits auserwählten Tänzerinnen mussten jedoch noch eine Opfergabe namens Daksina, bestehend aus Kokos, Enteneiern, Bananen, Reiskörnern und vielem mehr, im Tempel darreichen. Diese wurde durch Blumenopfer vervollständigt. Alle auserwählten Mädchen beteten. Nach einer Woche hatten sie die Opfergaben wieder an sich zu

nehmen. Sämtliche Enteneier in den Opfergaben waren zersprungen, nur das von Kambren nicht. Ihres war noch völlig unversehrt und blieb es sogar noch mehr als einen Monat. Die Dorfleute flüsterten, Kambren sei der Liebling der Götter des Tanzes. Und so heiratete ein Mädchen nach dem anderen. Kambren aber blieb allein. Ihre Krankheit brach niemals mehr aus. Sie war immer gesund und frisch, erst recht, wenn sie Tanz unterrichtete. Jetzt hatte sie endlich ihre Nachfolgerin gefunden.

Kambren gab Telaga einen Klaps auf die Schulter. Ihre Vergangenheit verschloss sie wieder gut in ihrem Inneren. Telaga schwieg weiterhin.

»Hast du etwa immer noch Angst vor mir?«

Telaga schüttelte den Kopf. Doch Kambren bemerkte die Nervosität in ihren Augen. Diese Augen faszinierten die Lehrerin.

Kambren konnte vorhersagen, dass Telaga zur besten Tänzerin werden würde. Sie würde auch mit Leichtigkeit alles im Leben erreichen, nach dem ihm verlangte.

»Beginne zu tanzen, so wie ich es dir letzte Woche beigebracht habe.« Kambrens Stimme klang nun etwas entspannter.

Telaga stellte sich in Position. Der Tanz, den Kambren sie gelehrt hatte, war der Legong Keraton. Seine femininen und graziösen Bewegungen brachten Telagas frauliche Gestalt noch besser zur Geltung.

Telaga begann zu tanzen – tanzte immer weiter. Sie bemerkte nicht einmal mehr, wie die Abenddämmerung,

der sie sich so nah fühlte, von der Nacht abgelöst wurde. Der in Abendlicht getauchte Himmel stimmte Telaga immer wehmütig, denn sie glaubte, das Porträt ihres Lebens in ihm zu entdecken.
Mit dem Tanztraining lenkte Kambren sie von der Beobachtung, wie die Nacht ihre Abenddämmerung verschlang, ab.

Kapitel 8

»Dein Verhältnis zu Kambren wird allmählich inniger. Ist sie nicht eine ganz außergewöhnliche Frau?«

»Ja, Meme.«

»Beginnst du, sie zu mögen?«

»Ja«, antwortete Telaga etwas gereizt. »Sie ist eine gute Lehrerin, Meme.«

Kenanga blickte Telaga an. Sie war sich sicher, die alte Frau, die niemals geheiratet hatte, würde Telaga all ihr Taksu weitergeben. Ihr Mädchen würde die beste und schönste Tänzerin der Region werden. Ja, eine ganz besondere Frau würde aus ihr werden! Ein stolzes Lächeln umspielte Kenangas Lippen. Sie betrachtete Telaga unentwegt, dann holte sie tief Luft. Es wurde ihr mit einem Mal sehr eng in der Brust. Wie sich zeigte, erfüllte Hyang Widhi ihr wirklich jeden ihrer Wünsche.

Damals, als Kenanga bemerkt hatte, welche Veränderung mit ihrem Körper vorging, bekam sie zunächst Angst. Sie befürchtete, der Mensch, der in ihr zu wachsen begann, würde ihr später viele Probleme bereiten. Er stammte von einem unsittlichen, wilden Mann, der bereits mit hunderten unehrenhafter Frauen geschlafen hatte.

Ihr sollte es nicht wie ihrer Mutter Luh Dalem ergehen. Kenanga dachte oft darüber nach, wie merkwürdig doch das Leben ihrer Mutter gewesen war.

»Mach dir keine Sorgen über mein Schicksal. Schon als kleines Kind hielt mein Leben keinen angemessenen Platz für mich bereit. Und trotzdem liebe ich dieses Leben mit all seiner Gewalt, mit all seinen Schrecken. Oft kommt es mir vor, als renne es wie wildgeworden hinter mir her und versuche mich zu fangen. Und tatsächlich bin ich ihm auch schon einige Male in die Falle gegangen. Es ist, als spielte ich immer wieder Katz und Maus mit meinem Leben. Doch gerade das ist das Wunderbare, die höchste Kunst der menschlichen Zivilisation.«

Luh Dalems Worte waren die einer Frau, die sich nie über ihr Leben beschwerte. Sie sagte sich immer, dass sie alle Probleme, die das Leben für sie bereithielt, würde meistern können. Sie lächelte sogar, wenn das Leben ihr zu viel abverlangte. Einer dieser Momente war die Geburt zweier Kinder, die sie sich nie gewünscht hatte.

Die letzte große Hürde aber konnte ihre Mutter nicht überwinden, sie musste sich Sang Hidup, der ihr einst das Leben geliehen hatte, ergeben. Luh Dalem ertrank im Fluss. Doch selbst als Leichnam gewährte man ihr keinen angemessenen Platz.

»Für diese Frau darf keine Verbrennungszeremonie abgehalten werden. Sie muss für 42 Tage unter die Erde. Luh Dalem starb salah pati, die Art ihres Todes verstößt gegen unser traditionelles Recht.«

Luh Sekar, die junge Jero Kenanga, war wütend und nicht gewillt, diese Behandlung zu akzeptieren. Die Leute aber ermahnten sie, dass es hier um das Adat-Recht ginge. Sollte es nicht angewendet werden, würde das Dorf über Generationen von Seuchen heimgesucht werden. Sekars Mutter sei nun einmal auf eine Weise gestorben, die gemäß den traditionellen Gesetzen nicht toleriert werden könne. Ihr Tod wurde als falscher Tod angesehen. Schließlich wurde Luh Dalems Leichnam an der Hauptstraße aufgebahrt. Er durfte nicht ins Haus.

Kenanga erinnerte sich noch daran, wie sie das Gesicht der leblosen alten Frau betrachtet hatte. Es hatte eine tiefe innere Ruhe ausgestrahlt. Die Stirn ihrer Mutter wirkte wie ein klarer See. »Na und, sollen die Menschen ruhig glauben, Mutters Tod sei nicht normal und müsse dementsprechend behandelt werden«, hatte Sekar damals geflüstert. Sie wusste, es gab eine höhere Macht, die ihre Mutter nicht so einfach verurteilte. Diese Macht ließ sie auch eher den Tod ihrer Mutter annehmen, als mit ansehen zu müssen, wie diese weiterhin ihren beiden immer chaotischeren Töchtern ausgeliefert war. Manchmal fragte sich Kenanga, ob ihre Mutter wirklich in den Fluss gefallen war oder ob sie sich nicht vielmehr hatte hinaustreiben lassen. Was auch immer geschehen war, für Kenanga blieb sie eine außergewöhnliche Frau. Zutiefst verstand und liebte sie die Haltung Luh Dalems. Nach ihrer Geduld und Stärke strebte auch Jero Kenanga. Doch sie spürte, zum jetzigen Zeitpunkt war sie noch nicht soweit.

Kenanga drängte sich ein äußerst verletzender Vorfall ins Gedächtnis:

Offensichtlich waren die Zwillinge zu Gespielinnen ihres Mannes geworden. Die beiden Frauen priesen sogar ohne Scham Ngurah Pidadas Können im Bett.

»Dein Mann ist einfach unglaublich, Jero. Er ist gerade hier bei uns.« Kenanga schüttelte es bei Luh Kertis Worten, die ihr in zerzaustem Zustand die Tür öffnete. »Jero, weißt du, jetzt ist Kerta dran. Setz dich doch, wenn du möchtest. Oder willst du warten, bis du an der Reihe bist?« Ihre Schwester trug ein Siegerlächeln zur Schau. »Werde nicht nervös. Gedulde dich noch ein halbes Stündchen. Oder soll ich ihm etwas ausrichten?« Kertis Worte wurden immer unerträglicher.

Kenanga schwieg. Sie hatte es eigentlich schon geahnt. Ihr Mann war ein widerliches Tier. Sie wusste, sie konnte nichts von ihm fordern, konnte ihn nicht ändern. In ihrem Mann schlummerte der Charakter eines Tieres! Sein Hunger war nicht zu stillen, immer wieder ließ er sich von dem Tier in ihm überwältigen.

Kenanga resümierte bei sich: »In diesem Leben bekommt man nichts geschenkt. Wasser, Luft – für alle Energien, die dich leben lassen, musst du bezahlen. Bist du jemals glücklich gewesen? Sollte dir diese Gabe irgendwann einmal zuteilwerden, dann mache dich darauf gefasst, schon ein paar Sekunden später wird das Leiden in all seiner Arroganz vor dir stehen.« Es war ihre innere Stimme, die sie oft dazu zwang, sich vor Augen zu führen, dass diesem Leben zwar hin und wieder ein Streich gespielt werden konnte, doch am Ende stand immer der Mensch als Verlierer da.

Sekar war sich bewusst gewesen, dass es sie teuer zu stehen kommen würde, die Frau eines Adligen zu werden. Sie wusste auch, dass Brahmana-Männer die Heirat mit einer Frau, die nicht aus ihren Kreisen stammte, eigentlich ablehnten. Denn die Kinder, die aus einer solchen Beziehung hervorgingen, waren von weniger reinem Adel als die, die eine Ida Ayu zur Welt brachte.
Niemals würde ein Adliger sie einladen, mit ihm an einem Ort zu leben, der für balinesische Frauen sehr luxuriös war, wenn es sich bei ihm um einen wahren Edelmann handelte. Luh Kenten sagte einmal: »Ich weiß, du liebst diesen Mann gar nicht, Sekar. Ich wundere mich, dass du unbedingt seinen Antrag annehmen möchtest. Du vergeudest bloß dein Leben.«
»Was bedeutet schon Liebe? Alles, was ich brauche, ist ein würdiges Leben, in dem ich Anerkennung bekomme!«
»Auch du brauchst Liebe und Zuneigung.«.
»Das Leben hat mich bereits gelehrt, ein Stein zu sein.«
»Hast du schon einmal einen Stein gefragt, wie schmerzhaft sein Dasein ist?«
»Woher weißt du das denn? Hat sich etwa schon einmal ein Stein bei dir beschwert?«
Luh Kenten antwortete nicht.
»Ich bin bereit, zu Stein zu werden, wenn es diesem Mann wirklich gelingen sollte, mich in den Kreis seiner Familie hineinzubringen.«

»Überdenke deine Entscheidung noch einmal!«
»Es ist die richtige Entscheidung. Ich werde seinen Antrag annehmen!«
»Dies hier ist kein Traum!«
»In der Tat. Ich habe gewählt. Eines Tages, Kenten, wenn du einem Mann begegnest, der dir etwas von Bedeutung geben kann – sei dies eine Zukunft, Liebe oder was auch immer – dann wirst du mich sicherlich suchen, um mir zu sagen: Sekar, du hattest mit allem Recht.«
»Ich werde niemals so eine Träumerin sein wie du.«
»Das bedeutet, du bist der Stein. Ein Mensch besitzt Wünsche und Träume. Sie signalisieren, dass dieser Mensch noch lebt. «
»Mein Leben ist nicht dein Leben. Ich träume nicht gerne.«
»Lerne zu träumen. Weißt du, Kenten, eigentlich bist du hübsch, sehr hübsch sogar. Sicherlich glaubst du mir nicht, dass es einen Mann aus dem Nachbardorf gibt, der verrückt nach dir ist. Einen sehr gut aussehenden Mann.«
»Nimm du ihn doch, wenn du ihn begehrst!«
»Ich interessiere mich nicht für Sudras. Mich reizen nur Männer mit dem Titel Ida Bagus.«
»Nun hast du einen bekommen. Wann wirst du heiraten?«
»In drei Tagen – Du wirkst missvergnügt.«
»Ich mache mir nur Gedanken über dein Schicksal. Wirst du stark genug sein, ein Leben als anderer Mensch zu führen?«
»Anderer Mensch?«

»Ja, wenn du eine Adlige wirst, musst du vieles lernen.«
»Genau das will ich ja. Es ist sicherlich spannend.«
»Sekar, hier geht es nicht um die Rolle in einem Tanztheater.«
»Was ist denn der Unterschied? Auch das Leben ist ein Spiel.«
»Wenn du das so siehst, dann mache ich mir keine Sorgen mehr um dich. Aber darf ich dich etwas fragen? Liebst du diesen Mann, Sekar? Ich möchte das gerne wissen. Darf ich?«
»Welch merkwürdige Frage. Natürlich darfst du es wissen. Meine Antwort ist: Nein!«
»Ich freue mich, deine Antwort zu hören. Was möchtest du dafür von mir haben?«
»Du bietest mir wirklich etwas dafür an?«
»Ja! Sag, was wünschst du dir von mir?«
»Ich werde in eine angesehene Familie einheiraten, eine reiche Familie. Ich besitze keinerlei schönen Schmuck. Auch habe ich keinen Kebaya, keine goldene Blume, überhaupt fehlt es mir an angemessener Ausstattung, um in Gegenwart der vielen Ida Ayu, die zu Gast sein werden, ebenbürtig zu erscheinen. Sicherlich sind sie wunderschön und herrlich geschmückt. Du besitzt doch eine große Auswahl an wundervollem Schmuck. Würdest du ihn mir ausleihen?«
»Ja. Ich habe nur eine Bedingung.«
»Sprich.«
»In der Nacht vor deiner Hochzeit musst du bei mir schlafen.«

»Mehr verlangst du nicht?« Sekar riss überrascht die Augen auf.
»Nein.«
»Welch seltsame Bitte. Gerne würde ich sogar jeden Tag bei dir schlafen. Weißt du, Kenten, in deiner Gegenwart fühle ich mich stets sicher.«
»Meinst du das ernst?«
»Ja. Und deshalb werde ich von heute an bei dir schlafen. Ich werde dir jede Nacht von meinem zukünftigen Mann erzählen. Bestimmt gefällt dir das.«
»Alles, was du erzählst, ist für mich interessant.«
»Ich möchte nicht, dass du denkst, ich sei nur nett zu dir, weil du mir deinen besten Schmuck und deine besten Kleider leihst. Uns verbindet eine aufrichtige Freundschaft. Auch später werde ich niemals vergessen, dass du meine beste Freundin bist.«
»Pass gut auf dich auf. Du wirst ein vollkommen anderer Mensch werden müssen, wenn du in deinem neuen Umfeld angekommen bist.«
»Ich weiß.«

***

Jero Kenanga starrte gedankenverloren an die Decke des Zimmers. Der Schatten Luh Kentens begann sich aufzulösen, als Telaga ihr plötzlich sanft in die Wange kniff.
»Du bist manchmal ganz woanders mit deinen Gedanken, wenn wir uns unterhalten.«
»Ich habe mich gerade an meine Vergangenheit erinnert.«

»Die war sicherlich spannend.«
»Ja, das war sie sogar sehr!«
»Möchtest du mir davon erzählen?«
»Später einmal werde ich dir ausführlich davon berichten.«
»Warum nicht heute schon?«
»Wozu? Du würdest es noch nicht verstehen.«
»Du hast doch gesagt, dass ich schon groß bin. Erwachsenen kann man tatsächlich nur schwer vertrauen. Jedes Mal behaupten sie etwas anderes. Selbst du bist nicht ehrlich zu mir. Dann werde ich es dir gegenüber auch nicht sein.«
»Du verstehst das noch nicht.«
»Doch, das tue ich.«
»Was weißt du denn über mich?«
»Ich sage es dir, du darfst aber nicht wütend werden, versprochen?«
»Versprochen.«
»Die Leute erzählen, du kannst keine Priesterin werden.«
»Warum nicht?«
»Nur eine Ida Ayu, die mit einem Ida Bagus verheiratet ist, kann Priesterin werden.«
»Hättest du denn gerne, dass ich Priesterin werde?«
»Nein!«
»Warum denn nicht?«
»Weil ich dich sonst verlieren würde, Meme. Du wärst ständig mit deiner Gemeinde beschäftigt. Von morgens bis abends würdest du im Tempel Zeremonien vorbereiten. Ich hätte Angst, dass ich niemanden mehr habe, mit dem ich mich unterhalten kann.«

Kenanga lächelte, als sie diese einfache Begründung hörte.
»Nun erzähl mir von deiner Tanzlehrerin.«
»Das kann ich nicht. Luh Kambren kann man nicht mit Worten beschreiben. Zu lang wäre diese Geschichte. Zu kompliziert.«
»Magst du sie denn?«
»Ein wenig.«
»Nur ein wenig? Warum? Ist sie gemein zu dir?«
»Nein. Vielleicht brauche ich einfach noch etwas mehr Zeit, um sie richtig kennenzulernen.«
»Ich bin überzeugt davon, dass ich das Beste für dich getan habe. Jeden deiner Wünsche werde ich dir erfüllen. Ich habe doch nur noch dich. Dir werde ich später meinen alten Körper anvertrauen.«
Telaga atmete tief ein. Die Sätze ihre Mutter hatten oft etwas Beängstigendes.

Kapitel 9

»Du bist wirklich die beste Schülerin, die ich je hatte. Weißt du, seit Jahren habe ich niemanden mehr im Tanzen unterrichtet. Ich habe es als zu ermüdend empfunden. Denn die meisten Schülerinnen waren nicht mit Ernst bei der Sache. Du aber hast den Legong in nur zwei Tagen erlernt. Außergewöhnlich!«, rief Luh Kambren voller Bewunderung aus. Gerührt schloss sie Telaga in ihre Arme und fuhr fort: »Nimm dir all mein Taksu. Du bist auserwählt! Denke immer daran, regelmäßig bei jedem Vollmond und Neumond Opfergaben im Tempel darzureichen. Bete dafür, dass dir dieses besondere Talent stets erhalten bleiben möge.«

Zum ersten Mal wurde Telaga bewusst, dass die alte Frau voller Zuneigung war.

»Nun bist du bereits eine Frau. Du bist hübsch, kannst gut tanzen und bist die Tochter eines Adligen. Du besitzt all das Wunderbare dieser Erde.«

»Sagen Sie nicht solch seltsame Dinge.«

»Ich sage das nicht einfach so daher.«

»Ich weiß. Ich spüre, dass Sie mich lieb haben. Früher dachte ich, man könne sich nicht mit Ihnen unterhalten.«

Luh Kambren lachte. Trotz ihrer faltigen Haut war sie schön.

»Die Leute draußen erzählen oft von Ihnen. Sie sagen, ich habe Glück, bei Ihnen tanzen lernen zu dürfen. Es heißt, Sie hätten das lukrative Angebot einer Kunstschule abgelehnt. Warum? Dabei hätten Sie dort als Lehrerin bestimmt viel Geld verdienen können. Sie hätten viele Schülerinnen gehabt und wären ins Ausland eingeladen worden. Ich würde gerne ins Ausland. Dort ist das Leben sicherlich schön.«

»Wie naiv du doch bist!«

»Naiv? Ich verstehe nicht.«

»Merke dir meine Worte. Das Zubereiten von Opfergaben, das Beten und Tanzen im Rahmen von religiösen Zeremonien, all das sind für balinesische Frauen ihre ganz alltäglichen Aufgaben. So sind uns diese Künste bis zum heutigen Tage erhalten geblieben. Früher unterschieden die Menschen nicht zwischen der Aktivität an sich und der im künstlerischen Sinne. Sie tanzten, weil es eben Zeremonien im Tempel gab. Und jetzt? Es hat sich alles geändert. Ich wurde geboren, um das Taksu des Tanzes zu bewahren. Taksu, das von den Leuten, die zu lange zur Schule gegangen sind, nach und nach zerstört wird. Sie haben keine Ahnung davon, auf welche Weise diese göttliche Inspiration aus einer Tanzchoreografin herausbricht und ihre Gedanken beherrscht. Sie brauchen doch nur noch das Ergebnis zu verkaufen. Regelrecht zur Schau stellen sie uns vor den Ausländern. Gelernt aber, wie man die wertvollen Hinterlassenschaften einer Zivilisation rettet, haben sie nicht von ihnen. Die Kultur eines Volkes bleibt nicht dadurch bewahrt, dass man sie konserviert.«

»Ich bin dankbar, Sie zu kennen.«

»Ich brauche keine Anerkennung, und ich muss auch nicht in der Geschichtsschreibung verewigt werden. Nein, wirklich nicht. Damals freuten sich die Menschen schon, wenn ihre Werke zur Verzierung des Tempels dienten. Das ist wahre Hingabe. Früher habe ich gerne an der Hochschule unterrichtet. Die Schüler widmeten sich ernsthaft dem Studium der Tänze. Doch leider bemühten sie sich nicht, ihr erworbenes Wissen für sich zu behalten und nur in ihrem eigenen Interesse niederzuschreiben. Es ging ihnen nur um das Bestehen von Prüfungen. Sie strebten nicht nach mehr – zum Beispiel danach, etwas tiefer zu erforschen. Es waren vielmehr die Ausländer, die mich oft aufsuchten, um alles Mögliche zu erfragen. Ich bin eine ungebildete Frau, kann weder lesen noch schreiben. Ich wundere mich, wohin all diese Leute gegangen sind, die jahrelang das ganze Schulwissen in sich aufgesogen haben. Wieso schreiben sie nicht über die balinesische Erde, über ihre Kultur? Ich verstehe es nicht. Sie besitzen sogar die Dreistigkeit, mir Angebote zu unterbreiten. Für ein lächerliches Honorar soll ich in Hotels auftreten. Ich erkenne meine eigene Heimat nicht mehr wieder.«

Telaga schwieg betreten. Ein heftiger Schmerz begann ihren Körper wie eine Spirale zu umkreisen.

Luh Kambren besaß in der Tat ihren ganz speziellen Tanzstil. Jeder, der ihre Choreografien einstudierte, versuchte

gleichzeitig auch ihre charakteristischen Bewegungen zu imitieren. Doch meist gelang es nicht. Niemand wusste, woher die alte Frau diese unverwechselbare Art zu tanzen, die nur schwer zu kopieren war, bekommen hatte.
Die Leute erzählten sich auch, Luh Kambren sei eine Frau mit vielen Launen. Vor langer Zeit hatte einmal ein König um sie geworben. Sie sollte eine seiner Konkubinen werden. Doch Kambren hatte kompromisslos abgelehnt. Zur Strafe musste sie von jenem Tag an die anderen Konkubinenanwärterinnen im Tanz unterrichten. Jahrzehntelang nahm sie diese Provokation hin.
Die Menschen wunderten sich oft, wie Kambren so mutig hatte sein können, dem Wunsch des Königs zu widersprechen. Sie fragten sich auch, warum sie die Aussicht auf ein Leben am Königshof ausschlug. Warum bloß? Schließlich führte man als Konkubine ein finanziell abgesichertes Leben. Man erhielt viele Hektar Land, ein großes Haus, und die eigenen Kinder wurden vom Volk als Adlige anerkannt. Bedeutete dies nicht ein Prestige sondergleichen für eine arme Frau, wie sie es war?
»Mein Leben ist nur dem Tanz gewidmet!«, waren stets Luh Kambrens Worte.
Weiterhin hieß es, Kambren habe viele Liebhaber gehabt. Diesen Aspekt ihres Lebens fand Telaga besonders interessant. Eine Heirat hatte sie jedoch gescheut. Diese Frau wurde von ihren eigenen Worten eingeholt, und so blieb sie tatsächlich zeitlebens nur mit ihren Tänzen liiert.
»Ich bin keine unbefleckte Frau mehr. Einem König widerfährt Pralaya, wenn er eine Sudra wie mich heiratet.

Ich habe schon mit vielen Sudra-Männern geschlafen. Ein König braucht eine reine Frau zur Wahrung seiner Erhabenheit. Sagt mir, ist es angemessen, dass ein Raja eine Frau wie mich heiratet? Eine bereits benutzte Frau!«, hatte Kambren gesprochen, als ein Gesandter aus dem Palast den Antrag des Königs überbrachte.
Dem König fehlten die Worte. Um seine Beschämung zu mildern und seine Autorität zu wahren, wurde Kambren zum Tanzunterricht abkommandiert. Für sie war das kein Problem. Ein Leben als Tanzlehrerin war schließlich ehrenvoller als das einer Konkubine!
Telaga erinnerte sich noch an die vertraulichen Worte, die Kambren ihr ins Ohr flüsterte.
»Ich bin noch Jungfrau. Kein Mann hat mich jemals berührt.« Luh Kambren lachte schallend. »Erzähl das niemandem. Lass den Leuten ihre Geschichten über mein wildes Leben. Das Leben ist wirklich wie ein amüsantes Spielzeug.«
»Haben Sie denn nie Ihr Herz an einen Mann verschenkt?«
»Wieso fragst du so etwas?«
»Ist meine Frage falsch?«
»Nein.«
»Möchten Sie mir davon erzählen?«
»Es ist völlig uninteressant.«
»Ich würde es aber gerne wissen.«
Telaga blickte die Frau erwartungsvoll an. Sie hoffte so sehr, Kambren möge ihr von ihrem Leben erzählen. Sie war überzeugt, es wimmelte nur so vor spannenden Erfahrungen.

Luh Kambren setzte sich. Ihr Blick schweifte in die Ferne. Dann begann sie zu erzählen. Sie sprach sehr langsam. Immer wieder hielt sie kurz inne, um Luft zu holen.

Kambren hatte sich von vielen Männern den Kopf verdrehen lassen. Seltsamerweise waren es nie balinesische Männer gewesen, die ihr Interesse weckten. Eines Tages hatte sie Jean Paupière getroffen. Der Franzose mit den stechenden Augen saß oft im Schneidersitz vor der Bühne, wenn Kambren tanzte.

Jedes Mal, wenn sich ihre Blicke begegneten, verschwand etwas aus Kambrens Innerem. Es war, als nähme Jean Paupière all ihre Energie und all ihren Enthusiasmus mit sich nach Hause.

»Lass dich niemals mit westlichen Männern ein. Sie benutzen uns nur als Modelle für ihre Gemälde. Dann verkaufen sie uns in ihrer Heimat als Souvenirs. Sie schlagen bloß Kapital aus uns Tänzerinnen!«

Stimmen wie diese hatte sie nur zu oft gehört. Doch es gelang ihr nicht, das in ihr aufkeimende Verlangen zu ersticken. Es beeinflusste jede ihrer Bewegungen.

»Erinnerst du dich noch an Luh Dampar, die meinte, sie hätte den schönsten Körper von uns allen? Ihr blühte ein schlimmes Schicksal. Sie ging einem Deutschen in die Falle und führte ein entsetzliches Dasein. Dieser Kerl hatte sie, wie sich herausstellte, nur als Motiv für seine Bilder missbraucht. Weißt du, er hatte noch nicht einmal Skrupel davor, seine Frau im Beisein seiner Maler-Freunde nackt auszuziehen.«

Kambren hatte Luh Dampar gekannt. Diese Frau war seit Kindertagen eifersüchtig auf sie gewesen. Alles, was Kambren tat, musste auch sie tun.
Kambren verstand nicht, warum es Dampar so viel Freude bereitete, sie bei jeder Gelegenheit schlecht zu machen. Diese Frau hielt immer kleine seelische Grausamkeiten bereit; so versteckte sie zum Beispiel vor gemeinsamen Auftritten Kambrens Fächer oder ihre Blume. Seltsamerweise konnte Kambren ihr niemals böse sein. Sie spürte, auf ihre ganz eigene Art mochte Dampar sie im tiefen Inneren ihres Herzens.
Als immer mehr Ausländer Filme über das Leben balinesischer Tänzerinnen drehten, war Kambren stets die Vorzeigetänzerin. Sie sagten, Kambrens Erscheinung verkörpere die Schönheit der balinesischen Frau schlechthin. Das wahre Bali glaubten sie in ihr zu finden.
Die Ausländer nahmen bei Dampar Tanzunterricht und freundeten sich mit ihr an, sie begann überheblich zu werden. Und so ging sie schließlich einem Deutschen in die Falle, dessen Augen Lüsternheit und Respektlosigkeit gegenüber Frauen versprühten. Stets musterte er Frauen auf diese widerliche Art und Weise. Seine Augen waren durchbohrend und immer bereit, bestimmte Stellen des weiblichen Körpers mit Blicken auszuziehen. Jede Rundung bot ihm eine köstliche Mahlzeit. Kambrens Freunde wussten zu berichteten, der Deutsche sei Maler und lebe bereits seit zehn Jahren auf Bali.
»Er scheint dich zu mögen. Hast du Interesse an ihm?«, fragte eine Freundin, die Niederländerin war.

»Nein.«
»Warum nicht?«
»Ich hasse die Augen dieses Mannes. Sieh doch selbst, wie er uns Frauen anstarrt. Völlig respektlos. Er behauptet, er sei Künstler, der das Schöne anbetet. Welche Schönheit kann bitteschön aus solchen Augen geboren werden!?«
»Du kennst ihn doch noch gar nicht richtig.«
»Ich vertraue auf mein Gefühl. Er ist kein guter Mann!«
»Nun wirst du emotional«, sagte die Niederländerin mit einem amüsierten Lächeln auf ihren Lippen.
»Dort, wo du herkommst, ist das vielleicht anders. Für mich ist es aber immer noch ein großes Problem. Es geht hier ums Prinzip. Die Prinzipien einer Frau!«
»Nun sei nicht gleich beleidigt.«
»Ich bin nicht beleidigt. Ich sage nur, was ich denke. Ich bin eine ganz normale Frau!«
»Nein, das bist du nicht. Du bist anders als die anderen Frauen.«
Die Niederländerin blickte Kambren tief in die Augen und streichelte ihr die Schulter.
»Wäre ich ein Mann, würde ich dich bitten, mich zu heiraten«, sprach sie mit vibrierender Stimme. Kambren vernahm etwas Seltsames in ihrem Tonfall. Dieses Gefühl verstärkte sich noch, als die Frau sie plötzlich fest umarmte und ihr einen Kuss auf die Lippen drückte. Kambren erschrak, hatte aber keine Gelegenheit, sich dagegen zu wehren. Alles geschah viel zu schnell.
»Weißt du, du wirst nicht nur von Männern, sondern auch von Frauen begehrt!«, rief die Niederländerin, wäh-

rend sie nach hinten eilte, um ihre Malutensilien zu holen.
»Wo willst du hin?«
»Ich möchte dich in meiner Imagination malen.«
»Du bist ja verrückt!«, rief Kambren.
»Weißt du, Kambren, du bist einfach zu naiv und rein, um in diesem Leben mit beiden Beinen auf dem Boden zu stehen.«
»Was meinst du damit?«
»Selbst wenn ich es dir erklären würde, würdest du es doch nicht verstehen.«
»Du bist genauso wie die anderen Westler, die hier auf Bali leben. Auf der einen Seite sehen sie in uns nichts als dämliche Menschen. Menschen, die man für dumm verkaufen und anlügen darf. Aber auf der anderen Seite gebt ihr im Stillen zu, dass unser Volk im Vergleich zu euch, die ihr, wie du selbst immer sagst, zum Reden stets diese sogenannte Logik benutzt, eine außergewöhnliche Kultur besitzt!«
»Seit wann bist du Nationalistin?«
»Was bedeutet das schon wieder?«, rief Kambren. Sie erhielt keine Antwort auf ihre Frage. Die Niederländerin ging winkend davon.
Kambren verstummte, als ihre Augen eine ihr bekannte Gestalt wahrnahmen. Er war es!
»Guten Tag, Kambren«, begrüßte er sie.
»Du ...« Kambren neigte den Kopf.
Fünf wortlose Minuten vergingen. Der Mann, der häufig seinen Fotoapparat mitbrachte, um ihre Bewegungen fest-

zuhalten, stand heute unmittelbar vor ihr. Kambren war, als stürbe sie. Das Blut pochte in ihren Schläfen. Ihre Nervosität steigerte sich jedes Mal ins Unermessliche, da der Mann stets ein Wörterbuch bereithielt, um ihr etwas sagen zu können.
Es waren gerade die vielen Unterschiede zwischen Luh Kambren und Jean Paupière, die ihre Beziehung so einzigartig machten. Sie kommunizierten mit Blicken oder durch Körpersprache. Denn mit Worten missverstanden sie sich oft. Einmal bat Song, wie Kambren den Franzosen gewöhnlich nannte, um einen Aschenbecher. Kambren aber holte ihm ein Glas Wasser.

»Eine wirklich seltsame Beziehung. Da wurde mir zum ersten Mal bewusst: Das ist es, was man Liebe nennt. Sie ist teuer und sehr schmerzhaft, mein Kind.«
»Seltsam. Warum schmerzhaft? Haben Sie ihn geliebt?«
»Sehr.«
»Ist es denn schmerzhaft, einen Mann zu lieben?«
Luh Kambren schwieg.

Sie erinnerte sich an das Schicksal Luh Dampars, die sich im Atelier ihres Mannes erhängt hatte. Genau zu dieser Zeit hatte Kambren zum ersten Mal ein Studio betreten. Der Raum war vollgestopft mit Fotos, Dias und Filmaufnahmen, die Luh Dampar in hüllenlosem Zustand zeigten. Es existierte sogar ein Video, auf dem Luh Dampar gefesselt war und ihr Körper von fünf Männern abgeleckt wurde. Luh Dampar schrie unaufhörlich.

Das nannte man also Kunst? Ja, gewiss, Luh Kambren verstand nichts von der Sprache der Farben, der Sprache der Bilder. Bislang hatten viele Leute über den ästhetischen Wert der Gemälde von Luh Dampars Ehemann gesprochen, die, wie sie sagten, eine universale Schönheit besaßen. Eine Schönheit, die die Grenzen der Ästhetik überschritt! Es wurde gesagt, die Wildheit seiner Vorstellungskraft habe die Theorie der bildenden Künste zu Fall gebracht. Hinzu kamen Millionen anderer Lobeshymnen, deren Bedeutung Kambren absolut nicht erfassen konnte.
»Außergewöhnlich. Er malt die Formen des weiblichen Körpers mit solch tiefer Empfindsamkeit. Auf dieser Leinwand findet man wahre Vollkommenheit.«
Dieser Kommentar war ihr noch von einem Tanzengagement in Luh Dampars Galerie in Erinnerung geblieben. Die Galerie war riesig und in ihrer Art einzigartig. Es war gelungen, einen Hauch wahrer balinesischer Atmosphäre darin einzufangen. «Galerie Dampar« hieß sie. Kambren wusste sehr genau, warum eine große Galerie wie diese auf den Namen der vom Pech Verfolgten lief. Es ging um nichts anderes, als den Deutschen vor zu hohen Steuerzahlungen zu bewahren. Daneben vereinfachte es auch die administrativen Formalitäten, die in diesem Land oft unglaublich mühsam sein konnten.
Doch Dampar hatte für ihren Aufstieg teuer zu bezahlen. Ihre Nacktaufnahmen zierten unzählige Postkarten. Kambren wusste, dieser Maler schlug tatsächlich aus dem gesamten Körper seiner Frau Kapital, um sein Leben zu finanzieren.

Er war wirklich verrückt. Aber was Kambren am meisten erschaudern ließ, war eine Videoaufzeichnung, die ihren Jean Paupière beim gierigen, wilden Sex mit diesem Deutschen zeigte.

»Seltsamerweise, Telaga, liebte ich ihn danach noch immer. Sogar bis zum heutigen Tage, bis ins Alter, hat sich an meiner Liebe zu ihm nichts geändert. Oft frage ich Hyang Widhi, ob ich etwa schon verrückt geworden bin.«

Telaga schwieg beim Anblick Kambrens, deren Augen sich mit Tränen gefüllt hatten. Schließlich fragte sie: »Was wurde am Ende aus diesem Deutschen?«

»Die Dorfbewohner umstellten die Galerie und verprügelten ihn. Er starb im Gefängnis. Was ich bis zum heutigen Tag nicht begreife – seine Bilder sind Gesprächsstoff für angehende Maler, die sich auf Schulen mit Wissen vollstopfen. Sie erlernen seine Technik des Farbmischens. Aber nicht einer von ihnen ist in der Lage, weiter zu blicken und zu erkennen, dass in diesen Gemälden der Schrei Luh Dampars steckt.«

»Sie haben sie sehr gern gehabt.«

»Ja, denn der Neid, den sie verspürte, brachte in mir die große Motivation hervor, etwas zu erreichen, das ebenfalls von Größe war. Ich genoss es und war zufrieden damit, wie sie ständig nach meinen Fehlern und Schwachpunkten suchte. Gerade wegen dieser seltsamen Art, mich zu hassen, mochte ich sie nur noch mehr. Das Leben dieser Frau war niemals in Ordnung. Immer wieder verliebte sie sich in die falschen Männer. In solche, die ihre Liebe nur verhöhnten. Wer weiß warum. Dabei war Dampar eigentlich hübsch und auch klug. Zudem war sie eine sehr mutige Frau. Einmal, als Dampar sich in einen Mann namens Putu Patrajasa verliebt hatte, wurde sie zur hungrigen Bettlerin. Eine Verurteilte, die nur wieder zum Leben erweckt werden konnte, wenn dieser Mann ihr ein Lächeln schenken und mit ihr sprechen würde. Doch leider war das Gegenteil der Fall; er ging ihr aus dem Weg. Er verzog sogar angewidert das Gesicht, wenn er bloß ihren Namen hörte.«

»Wie sonderbar!«

»Ja. Damals hatte ich mal zu ihm gesagt, dass er dankbar sein solle, von einer Frau wie Luh Dampar geliebt zu werden. Sie war die großartigste Frau, die mir jemals begegnet ist. Mit Mut und Stärke hatte sie ihre Zuneigung und Liebe zum Ausdruck gebracht. Sie war zu allen Opfern bereit gewesen. Sie hatte Tränen in den Augen, wenn sie von diesem Mann sprach. Ich bin eine Frau, Telaga. Natürlich verstand ich, wie es in ihrem Inneren aussah, auch wenn sie ihn in Gegenwart anderer immer verteidigte.«

»Sie wollte nicht, dass jemand von ihren wahren Gefühlen erfährt.«

»Das stimmt, Telaga, doch genau hier lag ihr Schwachpunkt. Sie prahlte und träumte viel. Häufig tönte sie, dieser Mann möge sie, aber sie habe abgelehnt, oder jener Mann schreibe ihr oft Briefe, ach, und viele beängstigende Lügen mehr.«

»Die Arme.«

»Ja.«

»Nur sie selbst hätte sich jedoch von dieser Krankheit befreien können.«

»Wegen ihrer seltsamen Träume musste Dampar sterben!«

»Das Leben ist manchmal erschreckend, nicht wahr?«

»Ja, mein Kind. Deshalb sollst du aus solchen Erfahrungen lernen. Lauf niemals vor der Realität davon. Stell dich mutig allen Herausforderungen. Jeder Mensch hat große und schwere Ereignisse im Leben zu meistern.«

»Das glaube ich Ihnen.«

Kapitel 10

Eine Woche nach ihrem langen Gespräch mit Telaga starb Luh Kambren. Ihr bereits verwesender Leichnam wurde in ihrem bescheidenen Häuschen gefunden. Eine medizinische Untersuchung ergab, dass sie bereits drei Tage zuvor an einem Herzinfarkt verstorben war.
Telaga bereute es, die alte Frau nicht noch einmal besucht zu haben. Zu beschäftigt war sie gewesen mit den vielen Tanzangeboten, die ihr immerfort unterbreitet wurden. Hinzu kamen die ständigen Zeremonien, die nie ein Ende zu nehmen schienen.
Kambren war eine alte balinesische Künstlerin gewesen, die in die Kunstgeschichtsbücher eingegangen war und doch niemals einen angemessenen Lohn für ihre Verdienste erhalten hatte.
Telaga erinnerte sich an eine weitere Unterhaltung, die sie mit der alten Frau, die bis zu ihrem Tode Jungfrau geblieben war, in ihrem heruntergekommenen Häuschen geführt hatte.

»Sie haben so viele künstlerische Auszeichnungen erhalten.«

»Ja, das stimmt.«
»Sicherlich freuen Sie sich sehr darüber.«
»Nein, das tue ich nicht.«
»Wie seltsam.«
»Für all diese Preise erhielt ich keine einzige Rupiah.«
Telaga betrachtete die alte, noch immer schöne Frau. Es war, als ließe das Leben niemals Luh Kambrens Farben verblassen.
»Brauchen Sie denn Geld?«
»Natürlich. Ich muss doch auch von etwas leben. Ich bin schon alt und habe keine Familie. Außerdem wohne ich auf sehr engem Raum. Du siehst doch selbst, mein Grundstück ist nur einen Hektar groß. Es ist voll mit Bananenbäumen. Nur von ihren Erträgen kann ich überhaupt leben.«
»Sie würdigen ihre Vergangenheit – ihre eigene Geschichte – nicht.«
»Geschichte?«
»Ja, früher haben Sie mal zu mir gesagt, dass dem Leben Anerkennung gebührt.«
»Dieser Meinung bin ich auch heute noch. Du weißt doch, ich habe niemals danach gestrebt, nach Jakarta, in die Hauptstadt, eingeladen zu werden oder gar dem Gouverneur die Hand schütteln zu dürfen. Wozu das alles, wenn ich dafür nicht mehr als hundert- oder zweihunderttausend Rupiah erhalte. Damals dachte ich, die vielen Auszeichnungen würden mir mein Auskommen im Alter sichern. Wie sich zeigte, ist dies nicht der Fall! Lange Jahre habe ich sie ordentlich verwahrt. Doch nachdem

ich gemerkt habe, dass sie mir nicht die erhofften Erträge einbringen, nehme ich die Blätter, um damit die durchlöcherten Bambuswände meines Hauses zu flicken. Die Rahmen wiederum dienen mir zum Abdichten des Daches. Niemand versteht, mit welchen Schwierigkeiten ich zu kämpfen habe. Ich verlange nicht viel, schließlich bin ich keine Bettlerin. Früher kamen fast täglich irgendwelche Autoren zu mir. Natürlich machte ich mir die Mühe, sie mit Getränken zu bewirten. Nachdem sie jedoch bekommen hatten, was sie wollten, tauchten sie nie wieder auf. Wie kann man einen Menschen so gefühllos behandeln? Ich habe gehört, manche ihrer Bücher, die von meinem Leben erzählen, verhalfen ihnen zu Ruhm und Reichtum. Die Namen dieser Schriftsteller habe ich vergessen. Ich weiß auch nicht, wie sie mich in ihren Büchern dargestellt haben. Es ging mir niemals darum, Geschichte zu schreiben. Oder in die Bücher als Mensch einzugehen, dessen Leben ein Licht über Bali gebracht hat. Nein, so etwas brauche ich nicht.«

»Wonach suchen Sie denn dann?«

»Nach Anerkennung für das, was ich für Bali geleistet habe.«

»Dessen sind sich doch alle bewusst.«

»Vielleicht.«

Die alte Frau hatte kein Interesse daran, das Gespräch über ihre Person noch weiter fortzuführen. Sie widmete sich vielmehr dem Zusammentragen ihrer vielen Auszeichnungen, die sie anschließend in kleine Papierfetzen zerriss, um damit die Löcher in den Hauswänden zu stopfen.

»In der Regenzeit kommt überall Wasser durch. Es ist so ärgerlich. Anscheinend beginnt selbst die Natur, mich anzufeinden. Vielleicht hasst diese Erde ja meinen immer runzliger werdenden Körper, was meinst du? Offensichtlich hat selbst das Universum nichts übrig für alte Dinge«, sagte Luh Kambren mit einem Lachen, während sie auf ihren Körper deutete. Dann öffnete sie ihr Oberteil und zeigte ihre Brust. »Siehst du das? Alles ist vergänglich, mein Kind. Nichts bleibt ewig frisch!«

Telaga seufzte.
Es gab eine schlichte Ngaben-Zeremonie für Luh Kambren. Die gesamten Kosten trug Telagas Mutter. Jero Kenanga schien tief in Träume versunken. Sie wohnte der Zeremonie bis zum Ende bei. Aufrecht stehend beobachtete sie, wie die Flammen begannen, Kambrens Körper zu verschlingen. Es war, als führe der hoch in den Himmel aufsteigende Rauch einen Dialog mit ihr.

Kapitel 11

Telagas gesellschaftliche Verpflichtungen ließen ihr nicht viel Zeit für sich selbst. Immer wieder erhielt sie Einladungen. Wenn diese aus einem der Griya stammten, verwandelte sich Mutter in die meist beschäftigte Frau des Hauses, vor allem seit Großmutter nicht mehr unter ihnen weilte. Sie war autoritär geworden. Ihre Sicht der Dinge war die einzig richtige.

»Hast du dir schon ein Kostüm für die Heiratszeremonie im Griya von Sanur zusammengestellt? Zeig es mir bitte, schließlich muss alles aufeinander abgestimmt sein.« Sie blickte Telaga ernst an. »Wieso sagst du denn nichts?«

»Kann ich nicht selbst entscheiden, was ich anziehen möchte?«

»Dir mangelt es aber oft an gutem Geschmack!«

»Meme ...«

»Widersprich mir nicht. Tu, was ich dir sage.«

»Das mache ich doch schon tagaus tagein.«

»Immer musst du das letzte Wort haben!«

»Bitte nicht diesen Kebaya, Mutter! Er ist zu formell.«

»Das macht nichts. Hast du eigentlich eine Ahnung, wer da alles kommen wird?«

»Nein, etwa die Kinder eines Ministers oder gar eines Gottes?«
»Verspotte mich nicht so. Eine Mutter meint es immer gut mit ihrem Kind.«
»Du bist so schnell beleidigt.«
»Nun, es wird immer schwieriger, dich zu lenken.«
»Meme, ich bin doch kein kleines Kind mehr.«
»Eben drum. Da du kein kleines Kind mehr bist, kann ich viel offener mit dir sprechen.«
»Meme ...«
»Was gibt es denn noch?«
»Ich komme nicht mit nach Sanur. Einverstanden?«
»Wie bitte?!«
»Ich komme nicht mit nach Sanur!«
»Was soll das denn nun wieder bedeuten? Du wirst immer seltsamer. Jeden Tag tanzt du, bist bis spätabends unterwegs. Wonach suchst du? Macht dich dein Zuhause nicht mehr glücklich?«
»Ich weiß nicht, Mutter.«
»Enttäusche mich nicht.«
»Ich würde dich niemals enttäuschen. Du selbst bist es, die jede Kleinigkeit dramatisiert.«
»Was ist nur los mit dir? Möchtest du deiner Mutter keine Freude bereiten?«
Telaga schwieg. Sie wusste, wenn ihre Mutter in diesem wehmütigen, nach Mitleid heischenden Tonfall zu sprechen begann, war jeder Widerspruch zwecklos. Sicherlich würde ihre Mutter sich weinend an die Brust schlagen und rufen: »Hyang Widhi, was habe ich bloß falsch gemacht?«

Dies waren immer die einzigen Worte, die Jero Kenanga sagen konnte. Daraufhin würde sie einen Tag lang nichts von dem Essen anrühren, das die Haushaltshilfe ihr servierte. Sie würde sich in ihrem Zimmer einschließen, und für Telaga würde es ein Rätsel bleiben, was sie darin trieb. Luh Sekar, die immer wieder aus Jero Kenanga sprach, war in Telagas Augen eine unglaublich starrköpfige Frau. Ihre Wünsche glichen Festpreisen, an denen es nichts zu rütteln gab.

Doch Telaga fühlte sich bereits alt genug, um sich den Wünschen ihrer Mutter zu widersetzen. Von Tag zu Tag verkürzte diese die Leine, an der sie Telaga führte. Auch ließ sie Telaga keine eigenen Entscheidungen treffen. Alles musste sie kontrollieren.

In eine Welt aber blieb ihrer Mutter der Eintritt verwehrt. Telaga wurde Mitglied einer Tanzgruppe. Als solches hatte sie sich mit deren Bedingungen einverstanden erklärt. Jederzeit musste Telaga auf Abruf für einen Auftritt zur Verfügung stehen. Niemand außer ihr wusste, dass es in dieser Tanzgruppe eine ganz bestimmte Quelle gab, aus der sie ihre Lebensenergie schöpfte.

Diese Quelle trug den Namen Wayan Sasmitha. Wayan war Student der Malerei und im letzten Jahr seiner Ausbildung. Der junge Mann hatte bereits viele Bilder gemalt und auch oft Ausstellungen im Ausland. Telaga mochte ihn seit Kindertagen.

Wayan hatte eine Schwester namens Luh Sadri, die im selben Alter wie Telaga war. Er wohnte noch bei seiner

Mutter, einer großen, kräftig gebauten Frau. Sie finanzierte ihm auch sein Studium mit dem Verkauf von Jaje Uli, den Klebreisküchlein, für die es einen ganz eigenen Kreis von Abnehmern gab. Denn als fester Bestandteil jeder Opfergabe durften sie bei keiner religiösen Zeremonie fehlen. Jeden Morgen stampfte Wayans Mutter den Klebreis und rollte ihn in Form. Anschließend half Wayan dabei, den Klebreis in Scheiben zu schneiden, die dann von Sadri zum Trocknen in die Sonne gelegt wurden. Sie waren eine arme und doch eindrucksvolle Familie.

Telaga erinnerte sich noch daran, wie dieser Junge kurz vor ihrem 15. Geburtstag auf der Terrasse ihres Hauses gesessen hatte. Er trug seltsame, abgetragene Kleidung und machte einen etwas ungepflegten Eindruck. Als Telaga vor die Tür trat, ging er auf sie zu und begrüßte sie respektvoll. Dann übergab er ihr eine Schachtel mit Kuchen, die Jero Kenanga für eine Zeremonie bestellt hatte. Von jenem Tag an wurde Telaga das Gefühl nicht mehr los, bereits dem Mann begegnet zu sein, den ihre Großmutter ihr immer beschrieben hatte.

»Wenn du später einmal einen Mann kennenlernst, musst du dich ehrlich fragen, ob er deiner Liebe würdig ist, auch ob deine Gefühle für ihn wirklich aufrichtig sind. Du musst zwischen Bewunderung und Liebe unterscheiden können. Bist du dir in diesem Punkt unsicher, so binde dich nicht einfach an einen Mann, nur weil er dir Halt geben kann.«

Vielleicht hatte die alte Frau tatsächlich Recht. Doch Telaga spürte auch, dass ihre eigene Wahrheit ein wenig von

der ihrer Großmutter abwich. Telaga war mit Wayan Sasmitha aufgewachsen. Der Junge war häufig zu Gast im Griya. Dort pflegte er Ida Bagus Ketu Pidada zu besuchen, den Telaga höflich mit «Tukakiang« ansprach.
Telaga wusste genau, wann Wayan kam und wann er wieder ging. Morgens übernahm sie freiwillig das Zubereiten und Darreichen der Opfergaben. Denn der Weg zum Tempel führte sie an Ketus Haus vorbei. Und sie konnte sicher sein, dass der alte Mann ihr zurief, doch kurz bei ihm zu verweilen.
»Telaga, möchtest du mein neuestes Bild sehen?«
»Tukakiang, Sie haben ein neues Bild gemalt?«
»Ja, möchtest du es sehen?«
»Ja!« Telaga schrie fast.
Als ihre Augen denen Wayans begegneten, ging ein Beben durch Telagas Körper. Wayan lächelte ihr respektvoll zu. Dann senkte er wie gewöhnlich den Kopf und widmete sich wieder Pinsel und Farben.
»Wayan malt auch wunderbare Bilder. Er ist sehr talentiert. Eines Tages möchte ich euch beide zusammen malen.«
»Wozu?«, fragte Telaga. In ihren großen, wohlgeformten Augen spiegelte sich freudige Erwartung.
Ketu wollte sie und Wayan malen? Welcher Traum ging da in Erfüllung? Hyang Widhi würde ihr allabendliches Gebet erhören, in dem sie ihn um ein Bild Wayans bat. Der sonderbarste Mann dieses Griya wollte sie beide sogar zusammen malen, in der Tracht des Oleg, eines Tanzes, der nur so prickelte vor Emotionen und leidenschaft-

licher Lust. Der Tanz der Liebe! Hatte sie da nicht ein kleines Wunder vollbracht?
Ein weiteres Beben durchzuckte Telagas Körper, das sich noch verstärkte, als Wayan den Kopf hob. Beinahe wären ihm seine Farben aus der Hand geglitten und hätten sich über die Leinwand ergossen. Telaga war sich sicher, der zierliche Mann war nicht minder erschrocken als sie.
Schon als kleiner Junge hatte man Wayan zum Dienen erzogen. Meist hielt er den Kopf gesenkt. Wenn jemand mit ihm sprach, schaute er sein Gegenüber niemals an. Doch zum Glück war Wayan der Schützling Ketus, eines Griya-Ältesten. Deshalb wagte es niemand, Wayan herumzukommandieren oder ihm mit groben Worten zu begegnen. Dies hatte zur Folge, dass sich Wayans Form der Demut von der anderer Sudra-Männer unterschied. Auch als Untergebener strahlte er ein gewisses Selbstbewusstsein aus.
»Er ist mein Ziehsohn. Niemand darf ihn belästigen. Er ist hier im Griya, um zu helfen, und gleichzeitig soll er malen lernen. Der Junge ist sehr begabt!«, sagte Ketu im Befehlston. Keiner der Griya-Bewohner wagte es, ihm zu widersprechen. Als alter Mann genoss Ketu im Griya hohes Ansehen. Außerdem munkelten die Leute, Ketu besäße übersinnliche Kräfte. Derjenige, der es wage, sich ihm zu widersetzen, könne von einer Krankheit befallen werden, für die es keine Medizin gab. Heilung war nur möglich, indem man Ketu um Vergebung bat oder er selbst einem das Gegenmittel verabreichte.
Aus der Gerüchteküche des Griya kam Telaga eine weitere Information zu Ohren: Wayan sei in Wahrheit Ketus

leibliches Kind. In früheren Zeiten hätte niemals ein Mann des Griya eine Sudra-Frau geehelicht. Es war streng verboten. Umgekehrt scheuten auch die Sudra-Frauen die Heirat mit einem Adligen, denn sie befürchteten, sich nicht dem Lebensstil ihres Ehemannes anpassen zu können.

Telaga wusste nicht, wie die Wahrheit aussah. Doch wenn Ketu und Wayan morgens gerade gemeinsam aßen und Tee tranken, beobachtete sie diese Szenerie gerne verstohlen. Und in der Tat schien Telaga die Beziehung zwischen den beiden einzigartig zu sein, wie zwischen Vater und Sohn.

»Schon die ganze Zeit stehst du stumm dort herum. Möchtest du vielleicht auch einen Tee trinken?«

»Nein danke, Tukakiang. Ich muss die Zubereitung der Opfergaben lernen. Meme wird mich darin unterrichten.«

»Wann hast du denn etwas Freizeit?«

»Gewöhnlich gegen Mittag.«

»Richte deiner Mutter aus, ich möchte dich morgen treffen.«

»Wozu?«

»Ich möchte dich ausleihen.«

»Mich ausleihen?«

»Ja.«

»Aber wozu denn, Tukakiang?«, fragte Telaga mit erstaunten Augen.

»Ich werde dich gemeinsam mit Wayan malen. Möchtest du?«

Telaga verschlug es die Sprache. Ihre Wangen färbten sich rot. Ketu musterte das Mädchen. Dem alten Mann entging nicht, was da in Telagas Innerem bereits aufkeimte. Es war Ketu, als sähe er sich seiner eigenen Vergangenheit gegenüber.

Ketu hatte einst eine Sudra-Frau geliebt, die aber nicht gewillt gewesen war, ihn zu heiraten. Sie war eine ganz außergewöhnliche Frau gewesen.
»Heirate mich niemals. Es wäre nicht angemessen. Zu dieser Liebe selbst bin ich bereit, doch möchte ich nicht als Ehefrau im Griya leben. Allein, dich sehen zu dürfen, gibt mir schon Kraft zum Leben.«
Die Frau meinte es ernst. Denn sie wusste, dass Ketu eigentlich kein normaler Mann war. Er hatte auch einen heimlichen Geliebten aus der Sudra-Kaste. Wegen ihrer Liebe zu Ketu war sie bereit, seinen geheimen Freund zu heiraten. Zwei Kinder sollten aus dieser Ehe hervorgehen: Wayan Sasmitha und Luh Sadri.
Niemand erfuhr jemals etwas von diesem Verhältnis. Die Sudra-Frau wusste es geschickt zu verbergen. Zur Wahrung ihrer Selbstachtung und aus Liebe zu Ketu.

»Tukakiang, Sie träumen!«
»Aber nein, ich betrachte dich nur gerne. Du wirst sicherlich das schönste Motiv, das ich jemals auf die Leinwand gebracht habe.«
»Tukakiang«, sagte Telaga verlegen.
»Wohin willst du?«

»Ich muss diese Opfergaben darbringen.«
»Verabschiedest du dich nicht von Wayan?«, fragte der alte Mann mit einem verschmitzten Lächeln auf den Lippen.
»Wayan, ich möchte mich verabschieden«, sprach Telaga leise, dann verbeugte sie sich respektvoll vor Ketu und ging davon.
Ketu blickte dem Mädchen nach, bis es hinter der Biegung verschwunden war.
»Was sagst du zu Telaga?«
»Wie meinen Sie das, Ratu?«
»Ist sie hübsch? Oder könnte sie dir eine Quelle der Inspiration für deine Bilder sein?«, versuchte Ketu Wayan aus der Reserve zu locken. Wayan hielt den Blick gesenkt.
»Nun tu nicht so, als seist du so beschäftigt.« Ketu dachte nicht daran, ihn in Ruhe zu lassen. Endlich unterbrach Wayan das Auftragen der Farbe auf die Leinwand. »Also, findest du Telaga hübsch?«
»Warum fragen Sie so etwas?«
»Ich möchte einfach wissen, was du über diese Frau denkst.«
»Finden Sie Telaga hübsch?«
»Ich bin es, der gefragt hat, nicht du.«
»Alle Frauen in diesem Griya sind doch hübsch«, antwortete Wayan nun leise.
»Einschließlich Telagas Großmutter und ihrer Mutter, auf deren Gesicht sich bereits die ersten Falten bemerkbar machen?«, fragte Ketu mit leicht provozierender Stimme. Er lachte, als Wayan nicht in der Lage war, ihm zu antworten.

Wayan blickte den alten Mann an, doch dieser hatte seine Frage wohl schon wieder vergessen. Der Junge begann ein stilles Zwiegespräch mit sich selbst.

»Lüg doch nicht. Nun bist du fast zwanzig Jahre alt, und in deinem Herzen gibt es nur Telaga. Das war schon so, als du noch ein kleines Kind warst und daran hat sich bis zum heutigen Tage nichts geändert. Absichtlich gehst du an ihrem Haus vorbei, nur um einen Blick auf sie werfen zu können, wenn sie gerade das Fenster öffnet. Ihr Lächeln erhält dich am Leben und macht dir bewusst, dass du bereits ein erwachsener Mann bist. Und auch, dass du es nicht wert bist, diese Frau zu besitzen.«

Immer wieder führte er sich vor Augen, dass es für jemanden wie ihn unmöglich war, diese Frau zu bekommen. Allein Telaga berühren zu dürfen, war ein göttliches Geschenk.

Bei allen Festlichkeiten des Dorfes tanzten Wayan und Telaga miteinander. In solchen Momenten spürte Wayan, welche Energie ihn mit einem Mal durchströmte. Es wurde ein Mut in ihm freigesetzt, von dem er niemals wusste, woher er stammte. Wenn er mit Telaga zusammen war, leuchtete das Leben in kräftigeren Farben. Der Gedanke an Telaga beschäftigte ihn mehr als die Ideen zu neuen Bildern. Ihre Anwesenheit machte ihn nervös.

Eines Tages sprach die junge Frau ihn an: »Du sprichst so selten mit mir. Was ist los, Wayan?«

»Es ist nichts, Telaga.«

»Schon die ganze Zeit sagst du nichts. Du wirkst, als beunruhige dich irgendetwas.«

»Ich bin doch immer so.«
»Nein, normalerweise nicht. Du tanzt nun schon so lange mit mir. Vor Jahren hat man uns für diesen Tanz zusammengeführt. Auf einmal verschließt du dich vor mir.« Wayan blickte Telaga tief in die Augen. Er wollte ganz sicher gehen, dass Telaga auch wirklich mit ihm sprach. Schenkte sie ihre Aufmerksamkeit tatsächlich seinen Sorgen und Ängsten?
»Du bist zu gut zu meiner Familie.« Am Ende war es dieser Satz, der ihm über die Lippen kam. Wayan wusste, es war nicht das, was er eigentlich hatte sagen wollen. Telaga betrachtete den Mann, der vor ihr stand.
»Nicht nur ich, die ganze Griya-Familie ehrt deine Familie, Wayan.«
»Du bist die gütigste von allen.«
»Weil ich eine Freundin deiner Schwester Luh Sadri bin.«
»Meine Mutter hat dich sehr, sehr gern.«
»Deine Mutter ist eine gute Frau. Meine Mutter, mein Großvater, Tukakiang Ketu und ich, wir alle mögen deine Mutter auch gerne.«
»Telaga ...«
»Ja?«
»Es gibt etwas, das ich dir sagen möchte. Darf ich?«
»Ich bin doch eine Freundin. Warum musst du dann um Erlaubnis bitten?«
»Hast du schon von dem neuesten Gerücht um Ratu Ketu gehört?«
»Was erzählt man sich denn?«
»Du und ich sollen Ratu Ketu nach Japan begleiten.«

»Wohin?«
»Nach Japan.«
»Du machst wirklich keinen Scherz?«
»Nein, es ist mein völliger Ernst.«
Wayan suchte Telagas Augen. Er hoffte, sie würde die Zeichen, die er ihr gegeben hatte, richtig zu deuten wissen. Telaga schwieg.
»Freust du dich denn gar nicht?«
»Das ist es nicht.«
»Wovor hast du Angst?«
»Vor meiner Mutter.«
Wayan verstummte. Diese Frau hatte in der Tat etwas Angsteinflößendes an sich. Er erinnerte sich an eine Geschichte, die ihm seine Mutter einmal erzählt hatte. Es war so verrückt. Luh Sekar war doch wirklich zu allem bereit gewesen, nur um Jero Kenanga zu werden, eine angesehene Frau. Diese Frau, von der man sagte, dass sie mit ihrer außergewöhnlichen Schönheit alles erreichen konnte.
»Mutter wird mir sicherlich die Reise verbieten«, sprach Telaga leise.
»Ja, Ratu Ketu und ich wissen das.«
Es wurde nicht mehr viel gesprochen.
An jenem Abend hatten Telaga und Wayan wieder einen Auftritt. Mit ihrem Tanz konnten sie jedoch nicht begeistern. Ihre Augen waren ausdruckslos und leer.
»Mein Bruder, du hast wie ein Toter getanzt«, kommentierte Luh Sadri den Auftritt.
»Ich bin müde.«
»Telaga ebenso. Warum wirkt sie so traurig?«

»Sie hat viele Probleme.«
»Hast du ihr etwa Kummer bereitet?«
»Das hat nichts mit mir zu tun.«
»Wie seltsam«, murmelte Luh Sadri und ging zu Telaga.
»Telaga, hast du schon gehört? Wayan wird nach Japan gehen.«
»Nein, noch nicht«, log Telaga.
Mit einem Mal sprudelten Luh Sadris Wünsche, die sie sich erfüllen wollte, wenn die Ausstellung ihres Bruders ein Erfolg werden würde, nur so aus ihr heraus. Sie hatte auch genaue Vorstellungen von einem eigenen Zimmer. Sauber sollte es sein und einen Vorgarten voller Blumen haben.
»Ich werde mich um alle Pflanzen zu Hause kümmern. Sicherlich werden wir es nicht mehr nötig haben, schwer zu arbeiten, nur um drei Mahlzeiten am Tag auf den Tisch zu bekommen. Endlich werden wir uns angemessene Kleidung leisten können. Freust du dich für uns?«
»Ja, sehr.«
Telaga verspürte einen dicken Kloß im Hals, seit Wayan ihr von seiner baldigen Ausstellung in Japan berichtet hatte. Sie hatte Angst, ihn zu verlieren. Viele ihrer Freunde waren Maler und stellten ihre Bilder im Ausland aus. Bei ihrer Heimkehr brachten sie nicht nur Geld mit nach Hause, sondern auch eine Frau. Telaga ließ Wayan nicht mit leichtem Herzen ziehen.
Doch sie wusste, es war das Beste für seine Karriere. Der Mann, den die Frauen des Griya bewunderten, würde sicherlich ein guter Maler werden. Tukakiang Ketu sagte,

Wayan besäße einen ganz eigenen Stil. Ein wenig bediente er sich des Kerambitan Klungkung Stils. Jedoch benutzte er eine recht ungewöhnliche und hochinteressante Technik. Ketu lobte stets jedes seiner Gemälde. Der alte Mann pflegte zu sagen, dass Wayans Bilder selbst die Größe von Picassos Guernica überträfen. Picasso? Wer war das doch gleich? Telaga wusste es nicht. Für sie gab es kein schöneres Bild als das des Momentes, wenn ihr Blick dem Wayans begegnete. Es war, als versänken alle Sprachen und Farben darin. Nur noch ihre ganz eigene Sprache existierte, die alles verschlang, das ihre Sicht behinderte.

Telaga bekam eine Gänsehaut, bis die Stimme ihrer Mutter sie wieder in die Wirklichkeit zurückholte.
»Was ist nur mit dir? Du wirst immer lustloser. Was ist los mit dir?«
»Nichts.«
»Ich habe dich immer gebeten, offen zu mir zu sein. Ich möchte, dass du deine Gefühle mit mir teilst.«
»Was soll ich teilen? Da gibt es nichts. Vielleicht ist mir ein wenig schwindelig. Zwinge mich nicht, mit zum Griya von Sanur zu kommen, Meme.«
Telaga sah ihre Mutter durchdringend an. Sie hoffte, diese würde die Unruhe in ihr begreifen.
»Nichts da. Du musst mitkommen!«
»Meme. Nur dieses eine Mal ...«
»Hier geht es um deine Zukunft. Um dein Leben. Bitte verstehe mich doch. Fast alle Männer, die deine Nähe suchen, lehnst du ab. Was ist denn eigentlich los?«

»Gar nichts. Nur weil ich nicht nach Sanur möchte, machst du gleich ein Drama daraus. Mir ist etwas schwindelig, Meme. Ich möchte mich wirklich ausruhen. Niemals akzeptierst du, was ich möchte.«
»Es geht um die Zukunft.«
»Millionen Mal hast du das schon zu mir gesagt. Fällt dir nichts anderes ein?«
»Ich verstehe nicht, was mit meinem Kind passiert ist. Auf einmal spüre ich, wie zwischen uns eine Distanz entsteht.«
»Nun übertreibe nicht.«
»Ich kenne dieses Leben schon länger als du, mein Kind.«
»Du glaubst zu wissen, wie es in mir aussieht? Dann sprich doch aus, was ich denke!« Telaga blickte ihre Mutter an.
»Nicht jetzt. « Diese Frau wollte niemals klein beigeben. Telaga war die Konfrontationen mit ihrer Mutter wirklich leid.
Einmal hatte ihre Mutter Ida Bagus Adnyana eingeladen und ließ ihn geradewegs in Telagas Zimmer marschieren. Was erhoffte sich ihre Mutter wohl von diesem Mann, dem unzählige Homestays und Hotels in Kuta und Ubud gehörten? Wieso heiratete Meme ihn nicht selbst?
Dieser Mann hatte bereits eine gute Freundin Telagas geschwängert und sich danach vor der Verantwortung gedrückt. Und das nur, weil diese Frau eine Sudra war! Wer weiß, womit er sie letztendlich hatte überreden können, von ihren Forderungen nach Heirat und Verantwortung abzusehen. Als Telaga diese Freundin wieder einmal

traf, hatte sich deren äußerliche Erscheinung verändert. Stark geschminkt und schick gekleidet sah sie schöner aus als früher. Und sie war nicht die einzige. Viele weitere Opfer waren Adnyana in die Falle gegangen.

Doch hätte Telaga versucht, ihrer Mutter dies zu erklären, wäre sie sicherlich sehr wütend geworden. Sie wäre verletzt. Ja, so war Jero Kenanga. Diese Frau wollte einfach nicht akzeptieren, dass die Zeiten sich geändert hatten und dass ihre Wahrheit nicht der entsprach, nach der ihre Tochter in diesem Leben suchte. Sie war außer sich vor Wut, als Telaga sich weigerte, mit Adnyana auszugehen. Sie sagte: »Wie dumm du nur bist! Siehst du nicht, wie dieser Mann deine Schönheit bewundert?«

»Und vor allen Dingen meinen Körper!«

»Kind!«, schrie Kenanga empört. »Was weißt du denn schon von diesem Mann? Was?«

Telaga blickte ihre Mutter provozierend an. Dieses Mal durfte sie nicht nachgeben. In Adnyanas Augen konnte Telaga lesen, dass dieser Mann, der es geschafft hatte, ihre Mutter mit süßen Worten zu umgarnen, sie mit Haut und Haaren verschlingen und ihren kläglichen Rest auf dem Müll abladen würde. Nein! Telaga würde es nicht zulassen, dass er auch nur ein einziges ihrer Haare berührte.

»Geh du doch mit ihm aus, Meme!« Telaga schloss ihre Zimmertür. Fast drei Tage lang sprach sie danach nicht mit ihrer Mutter.

Seltsamerweise kam ihre Mutter niemals dahinter, dass Telaga eigentlich Wayan liebte. Stets hielt sie einen Vorrat verschiedener Männer bereit. Es gab so viele Modelle. Und Kenanga gelang es, jeden einzelnen von ihnen nach Hause zu schleppen.

Wenn die Spannung ihren Höhepunkt erreicht hatte, lief Mutter zu Großvater, woraufhin die beiden jedes Mal eine lange Unterhaltung führten, die Telaga einmal belauschte. Wie sie feststellte, wurde Großvater, dieser Mann, den Großmutter auf solch seltsame Weise geliebt hatte, auf seine alten Tage sehr gütig.

»Zwinge ihr nicht zu sehr deinen Willen auf, Kenanga. Seit Jahrzehnten bist du meine Schwiegertochter. Du hast es selbst gesehen; die Beziehung zwischen meiner Frau und mir war niemals gut. Es war, als hätte ich keine Rechte. Nicht einmal das Recht zu sprechen! Ich zog es vor zu schweigen, in der Hoffnung, sie würde auch so meine Gefühle verstehen.«

»Dies ist doch ein ganz anderer Fall, Ratu.«

»Für mich nicht.«

»Ich verstehe nicht, was Sie meinen, Ratu.«

»Hör mir gut zu, Kenanga. Ich habe sicherlich in meinem Leben nicht immer eine weiße Weste gehabt. Aber ich hoffe, du kannst aus meinen Erfahrungen lernen. Als Ehemann dieser Frau Status zu erlangen, war ein sehr schmerzhaftes Erlebnis. Wäre ich selbst wohlhabend gewesen, hätte ich mich niemals auf die Heirat mit einem weiblichen Familienoberhaupt eingelassen. Mir standen keinerlei Rechte zu, wie sie eigentlich einem Mann gebühren. Stets musste ich meiner Frau gehorchen, denn sie war es, die mir einen Antrag gemacht hatte. Ihr Wunsch war es, dass ich ihr Ehemann werde. Was auch immer sie sagte, hatte Gültigkeit. Solch ein Leben hatte ich eigentlich nicht gewollt. Doch um leben zu können, musste ich gleichzeitig das Leben selbst opfern!«

Großvater klang sehr bewegt. Seine Augen blickten in die Abenddämmerung. Er war immer noch ein kräftiger und gutaussehender Mann. Es hieß, Großmutter sei zehn Jahre älter gewesen als er.

»Das kann man doch nicht gleichsetzen, Ratu. Telaga wird immer seltsamer. Von Tag zu Tag begreife ich weniger, was in ihr vorgeht.«

»Lass ihr mehr Freiraum, damit sie sich entwickeln kann, Kenanga. Deine Aufgabe ist es nur, ihr bei Bedarf mit Rat zur Seite zu stehen. Wenn du Telaga ständig maßregelst, wird sie sich nur noch mehr sträuben und sich schließlich gegen dich wenden.«

»Ich spüre, dass etwas Schlimmes passieren wird. Ich bin besorgt, dass mein Kind nicht so wird, wie ich es mir erträumt habe. Sie soll doch glücklich werden.«

»Woher willst du wissen, ob sie glücklich ist oder nicht?«

»Als ihre Mutter weiß ich das. Ich bin die Frau, die sie mehr als neun Monate in ihrem Leib getragen hat, Ratu!«

»Kenanga, Kenanga. Du misst das Glück deiner Tochter mit deinen eigenen Maßstäben.«

»Eine Mutter würde niemals ihr eigen Fleisch und Blut verraten.«

»Ich weiß das.«

»Es kommt mir so vor, als hielten Sie zu Telaga, Ratu.«

»Das ist es nicht. Doch du musst einsehen, dass es kein Universalrezept fürs Glücklichsein gibt. Das Leben eines jeden Menschen hat seine Farben. Sie entstehen aus seinen individuellen Erfahrungen. Dein Leben ist sicher reich an Farben, und trotzdem werden sie sich von denen deines Kindes unterscheiden. Das ist es, was du begreifen musst.«

»Ich möchte einfach, dass sie meine Gefühle versteht.«

»Ich weiß, Kenanga.«

»Wie soll ich mich ihr gegenüber verhalten? Es stimmt mich sehr traurig und lässt mich verzweifeln, wenn ich sehe, wie sie sich mir jedes Mal widersetzt.«

»Zwinge sie nicht dazu, eine Verbindung mit einem Mann einzugehen, den sie nicht möchte.«

»Telaga ist alt genug, sie sollte einen Mann an ihrer Seite haben.«

»Aber dein Geschmack entspricht nicht dem ihren.«

»Damals habe ich nur wegen des Status geheiratet.«

»Ich weiß.«

»Sie wissen das?!« Mutter blickte ihren Schwiegervater entsetzt an.

»Ja, von Anfang an.«

»Nun schäme ich mich.«

»Warum musst du dich schämen? Mein Sohn war auch kein Heiliger. Ebenso wenig war ich es als sein Vater. Ich war sogar ein größeres Tier als er.«

»Ratu, sagen Sie so etwas nicht.«

»Aber es ist die Wahrheit, Kenanga. In unserer Familie geht es wirklich nicht sehr tugendhaft zu. Zwar hat es uns in materieller Hinsicht niemals an etwas gefehlt, doch unsere Vergangenheit ist dunkler als die Nacht. Dies müssen wir uns endlich eingestehen und beginnen, uns zu ändern. Wir müssen ehrlich gegenüber uns selbst sein. Wenn wir dazu nicht in der Lage sind, dürfen wir es uns auch nicht anmaßen, anderen Menschen Ratschläge zu erteilen.«

»Telaga ist mein Kind. Ist es etwa falsch, wenn ich das Beste für sie will?«

»Das Beste, sagst du?«

»Ja.«

»Hast du sie jemals nach ihren Wünschen gefragt?« Mutter antwortete nicht. Großvater dachte laut: »Ich habe schon zu viele Fehler in diesem Leben begangen. Oft frage ich mich, was ich tun muss, um von meinen Sünden erlöst zu werden, damit ich endlich ein Leben in Ruhe und Glück führen kann. In solchen Momenten komme ich mir wie der letzte Idiot vor. Ein Mensch, der im Leben nichts erreicht hat!«

»Mir geht es genauso. Aber ich fühle auch, dass ich noch eine Verantwortung habe. Ich möchte, dass Telaga einen Mann heiratet, der ihrer würdig ist, und die Hochzeitszeremonie miterleben. Sie soll mir Enkelkinder schenken.

»So etwas nennt man Egoismus, Kenanga. Lass Telaga machen, was sie möchte. Ich bin mir sicher, sie weiß, was das Beste für sie ist. Deine Besorgnis vergrößert nur noch deine Angst, dich der Realität zu stellen.«

»Was soll ich Ihrer Meinung nach tun?«

»Hyang Widhi hat für jeden Menschen eine Rolle vorgesehen. Er kennt auch die Fähigkeiten der Menschen, die er geschaffen hat. Dessen musst du dir bewusst sein. Leider habe ich dieses Geheimnis zu spät erkannt. Hätte ich das schon zu Beginn meiner Ehe gewusst, wäre mein eigen Fleisch und Blut mit Sicherheit nicht an solch einem unehrenhaften Ort gestorben. Es tut so weh, Kenanga. Der Körper meines Sohnes ist zerstört. Er starb in jungen Jahren in den Armen einer Prostituierten ...«

Großvater versagte die Stimme. Doch die störrische Luh Sekar in Kenanga war immer noch nicht zufrieden.

Telaga war es leid, dieser Unterhaltung noch weiter zu folgen. Niemals würde ihre Mutter ihre Gedanken und Gefühle verstehen.

Kapitel 12

Wayan war aus Japan zurückgekehrt. Sein Haar trug er nun lang. Nach fast einem Jahr im Ausland war er zu einem erwachsenen Mann herangereift.

»Telaga, hast du schon gehört, Wayan ist wieder da. Er sieht jetzt noch besser aus. Sein Körper bringt mich immer wieder zum Beben. Und der Geruch, den dieser Sudra verströmt, löst in mir tatsächlich ein leidenschaftlicheres Verlangen aus, als ich es in Nähe eines Brahmana-Körpers empfinden könnte«, sagte Ida Ayu Ketut leise.

»Du hast ihn schon einmal probiert, nicht wahr?«, fragte Ida Ayu Made.

»Rede nicht so einen Unsinn!«

»Bestimmt hast du seinen Körper schon einmal berührt.«

»Nein!«

»Und warum wirst du dann rot? Nun gib es schon zu! Telaga und ich werden es schon nicht deiner Familie verraten.«

Ida Ayu Ketut hüllte sich in Schweigen.

»Lass uns doch an deinen Erfahrungen teilhaben! Schließlich möchten Telaga und ich wissen, wie es sich anfühlt, einen Sudra zu berühren.«

»Mache dich nicht lustig über mich! Du bist doch auch schon mal absichtlich gestolpert und hingefallen, nur damit Wayan dich anfasst. Auch du musst ehrlich sein. Ich habe es genau gesehen, damals im Dorftempel.«
Nun war es Ida Ayu Made, die schwieg.
Telaga seufzte. Die meisten Frauen des Griya interessierten sich für Wayan. Es schmerzte sie so sehr, die anderen Frauen erzählen zu hören, wie sie ihn schon einmal berührt hatten. Diesen Mann, in den sie seit ihrem zehnten Lebensjahr verliebt war. Bis zum heutigen Tag war ihre Liebe nicht um ein einziges Grad erkaltet. Sie wurde sogar von Tag zu Tag nur noch stärker und ließ sie fast explodieren. Ihre Sehnsucht nach diesem Mann schmerzte sie bis in die Wurzeln ihrer Haare. Sie durchströmte alle Flüsse, alle Meere ihres Körpers.
»Telaga, was träumst du vor dich hin? Hast du etwa schon seine Lippen berührt?«
»Unsinn!«
»Macht dich meine Frage wütend, ja? Schau nur, Made, wie rot Telaga auf einmal wird. Dabei ist sie doch diejenige von uns, die immer wieder Gelegenheit dazu hat, Wayan zu berühren und ihm während des Tanzens direkt in die Augen zu blicken. Oh, diese Augen, die mir nachts den Schlaf rauben. Für mich gibt es keine ruhige Nacht mehr, ich sehe nur noch seine unwiderstehlichen Augen.«
Ketut lachte schallend und kniff Telaga in die Wange.
»Du bist die schönste Dayu dieses Griya. Sei ehrlich zu uns. Wie fühlt er sich an?«, sagte Ketut diesmal ernst.
»Nun sag schon, Telaga«, quengelte Made.

Telaga schwieg weiterhin.
»Schämst du dich gar vor uns? Nun erzähl schon. Wie war es, als Tukakiang Ketu dich in seinem großen Atelier gemalt hat? Du warst doch stundenlang mit Wayan zusammen. Erzähl uns davon, Telaga!«
»Was ihr schon wieder denkt. Ich habe niemals irgendetwas dabei empfunden.«
»Wirklich nicht?«, fragte Ketut ungläubig. »Oh Telaga, irgendetwas stimmt nicht mit dir. Du solltest mal zum Arzt gehen. Alle Dayu hier unterhalten sich über Wayan. Sie bewundern jede Faser seines Körpers.«
»Das mag sein«, sagte Telaga leise.
»Nun gut, dann werde ich eben von meinen Erfahrungen mit Wayan berichten«, lenkte Made ein. Sie erzählte davon, wie sie auf dem Weg zum Tempel absichtlich den Deckel ihrer Opfergabe hatte fallen lassen, nur um mit Wayan ins Gespräch zu kommen und zu spüren, wie es war, neben diesem Mann her zu gehen.
Bei Ketut war es wieder anders gewesen. Sie hatte so getan, als habe sie eine Stufe zum Tempel übersehen und sich einfach fallen lassen. So kam sie in das kurze Vergnügen, von Wayan getragen zu werden.
»Es war unglaublich. Sofort habe ich meine Arme fest um ihn geschlungen. Natürlich zitterte ich, als hätte ich mich fürchterlich erschrocken. Wayan bettete mich auf eine der Bänke vor dem Tempel. Wisst ihr, in dem Moment, in dem er mich ablegte, berührten sich unsere Lippen flüchtig. Unfassbar. Ich, die zuvor kerngesund war, wurde mit einem Mal krank«, sagte Ketut lachend.

Telaga schwieg immer noch. Doch ihre Gedanken überschlugen sich.
»Siehst du, Telaga, sei nicht so ein Stummfisch. Wenn du das nächste Mal mit Wayan tanzt, versuche mit seiner Haut in Kontakt zu kommen. Stiehl seinen Schweiß und verstecke ihn in deinen Poren. Am nächsten Morgen werde ich bei dir vorbeikommen, um ihn abzuholen«, sprach Made, als sei es ihr völliger Ernst. Ihre Miene wurde immer belustigter, als Ketuts Hände über ihren Körper wanderten. Die beiden jungen Frauen brachen in schallendes Gelächter aus. Kurz darauf verstummten sie jedoch wieder, denn aus der Ferne drang Jero Kenangas Husten zu ihnen hinüber.

Mutter mochte lautes Lachen in der Tat nicht. Besonders missfiel ihr die weibliche Variante. Sie pflegte zu sagen: »Als Adlige hat man gewisse Regeln zu beachten. Ihr möchtet respektvoll behandelt werden? Dann benehmt euch auch dementsprechend! Platziert euch nicht an einen Ort, an den ihr eigentlich nicht gehört.«
Irgendwie wurde Telaga das Gefühl nicht los, dass ihre Mutter, die selbst lediglich als Sudra geboren war, nun strenger und konservativer auftrat als richtige Brahmana-Frauen, die schließlich von höchstem Adel waren.
»Merk dir meine Worte. Begegne dir selbst mit Achtung. Von Adel zu sein ist immerhin ein Privileg für einen Menschen.« Jeglicher Widerspruch hätte Jero Kenangas Tonfall nur noch verschärft.

»Telaga, nun hör auf zu grübeln. Bestimmt bedauerst du, dass du noch nichts Denkwürdiges mit Wayan erlebt hast. Du musst wissen, alle Dayu dieses Griya träumen davon, einmal Wayans Haut zu berühren und wenigstens einen Tropfen seines Schweißes zu erbeuten. Sie sagen, in kühlen Nächten würde dieser sie wärmen. Sicherlich weißt du nicht, dass Dayu Bulan, die sogar schon zwei Kinder hat, immer, wenn sie mit ihrem Mann Zärtlichkeiten austauscht, dabei an Wayans Körper denkt«, flüsterte Made.
Telaga konnte es nicht fassen.
»Ich lüge nicht. Sie selbst hat es mir erzählt.«
»Du ...«, Telaga rang empört nach Luft.
»Bulan ist meine ältere Schwester, Telaga. Wir haben keine Geheimnisse voreinander«, überzeugte Made sie schließlich.
Die Geschichten über Wayan nahmen kein Ende. Telaga konnte sie nur still mit anhören. Beteiligen wollte sie sich nicht an dem Gespräch der beiden Frauen, die so gerne seltsame Gerüchte in die Welt setzten. Ihre Liebe zu Wayan gehörte ganz allein ihr. Jedes Mal, wenn die Sehnsucht sie überwältigte, blieb ihr nichts anderes übrig, als ihr Gesicht mit einem Kissen zu bedecken und ihren Tränen freien Lauf zu lassen.

Kapitel 13

»Ich habe dich schon so lange nicht gesehen, Telaga. Ohne dich fehlt etwas.« Telaga zuckte zusammen, als sie Wayans Stimme vernahm.
»Ich bin ständig mit der Zubereitung von Opfergaben beschäftigt. Außerdem lerne ich das Lesen balinesischer Gedichte. Und Tukakiang lehrt mich, alte Hindu-Epen zu verstehen, die einst auf getrockneten Palmblättern niedergeschrieben wurden.«
Telaga wagte es nicht, Wayan in die Augen zu schauen.
»Du bist noch hübscher geworden. Ich habe gehört, bald wird um deine Hand angehalten werden.«
»Wer behauptet so etwas?«
»Deine Mutter hat es meiner Mutter erzählt.«
»Wann?«
»Vor zwei Tagen.«
Telaga schwieg. Wut! Oh, wie wütend war sie auf diese Frau. Was bezweckte sie damit, Wayans Mutter so etwas zu erzählen? Sollte ihre Mutter am Ende bemerkt haben, was sie für Wayan empfand? Telaga hätte ihrem Herzen gern Luft gemacht und lauthals geschrien. Doch sie konnte nicht. Ein beklemmendes Gefühl überfiel sie.

»Was hast du, Telaga?«
»Nichts. Hat es dir in Japan gefallen?«, versuchte Telaga von ihrer Nervosität abzulenken.
»Nein.«
»Warum nicht?« ,
»Ich weiß es nicht.«
»Eigentlich müsstest du dort doch viel gelernt haben oder Verbindungen für zukünftige Ausstellungen geknüpft haben. Möchtest du wieder zurückgehen?«
»Nein.«
»Zieht es dich vielleicht mehr nach Frankreich, Deutschland oder Amerika?«
»Nein.«
»Wie seltsam.« Telaga hob den Kopf. Ihre Augen begegneten sich.
Wayan versuchte, sie etwas mutiger anzuschauen. Er hoffte, etwas zu finden, das er schon einmal bei ihrer ersten Begegnung verspürt hatte. Überzeugen wollte er sich, dass das, was er bislang tief in seinem Inneren verborgen hatte, noch immer an seinem Platz war und seine nächsten Schritte rechtfertigen würde.
»Telaga, senke doch nicht wieder den Kopf.«
Die junge Frau wurde verlegen.
»In diesem Leben wünschen wir uns häufig, in der Haut eines anderen zu stecken. Wir glauben, als anderer Mensch sei unser Leben einfacher. Aber wie sieht es denn in Wahrheit aus? Gerade dieser Traum davon, eine andere Person zu sein, macht uns das Leben schwer und bringt uns dazu, die für uns bestimmte Rolle zu hassen. Doch

wir können diese Rolle nicht gegen eine andere eintauschen.«
»Wovon sprichst du, Wayan? Ich verstehe nicht.«
»Wann wird um deine Hand angehalten?«
»Wieso fragst du das?«
»Ich möchte es gerne wissen.«
Telaga versuchte, den Blick ein wenig zu heben.
»Kannst du in meinen Augen lesen, was ich fühle?«
»Ich habe Angst, Wayan.«
»Ich weiß.«
»Tu mir das nicht an.«
»Ich hoffe, meine Rolle als Wayan Sasmitha niemals bereuen zu müssen. Und auch du sollst niemals bedauern, als Ida Ayu Telaga Pidada geboren zu sein. Verstehst du meine Worte?«
Telaga holte tief Luft. Tränen kullerten aus ihren Augen.
»Ich möchte meine Gefühle weder bereuen noch verfluchen. Dies hier ist meine Entscheidung. Ich muss den Mut haben, zu ihr zu stehen. Ich bin mir bewusst, es ziemt sich nicht, doch ich kann mein Herz nicht belügen. Um ein vollständiger Mensch zu werden, muss man den Mut haben, für sich selbst Verantwortung zu übernehmen. Weine nicht, Telaga.« Sanft berührte Wayan Telagas Wange.
»Ich habe Angst. Ich habe sogar Angst vor mir selbst.«
»Wir werden uns dem stellen, Telaga. Du musst dir deiner sicher sein. Ich glaube, du verstehst, was ich dir sagen möchte. Zum jetzigen Zeitpunkt kann ich dir nichts versprechen. Doch ich werde alles versuchen, um diesen

Traum wahr werden zu lassen. Schon so viele Jahre trage ich ihn in mir. Es schmerzt, ihn immer unterdrücken zu müssen.«

»Du weißt von meinen Gefühlen, Wayan?«

»Ja, von Anfang an.«

Wayan hielt Telagas Hand fest in der seinen. Beide schwiegen.

Kapitel 14

Das Leben musste weitergehen. Nachdem sich der Mut seinen Weg gebahnt hatte und nun immer mehr an Reife gewann, war es für Telaga an der Zeit, Luh Gumbreg, Wayans Mutter, gegenüberzutreten. Der Frau entfuhr ein Schrei des Entsetzens.

»Du bist ja verrückt geworden!«, schimpfte sie lautstark. Sie war wie von Sinnen. »Weißt du eigentlich noch, wer du bist, Wayan? Hast du schon einmal darüber nachgedacht, was passiert, wenn du Dayu Telaga heiratest? Was ist los mit dir? Du bist mein einziger Sohn. Leg dich nicht mit den Griya-Leuten an. Telaga, überdenken Sie diese Entscheidung noch einmal. Bitte, es ist zu unserem Besten«, flehte die alte Frau.

»Wayan und ich haben es bereits versucht, Meme. Immer wieder, seit Jahren schon. Es geht nicht.« Telaga bemühte sich, nicht zu weinen. Durchdringend blickte sie Luh Gumbreg an. Sie hoffte, als Frau würde Wayans Mutter ihre Gefühle verstehen.

Doch wie sich zeigen sollte, brachte die alte Sudra-Frau nicht den Mut auf, Telaga als ihre Schwiegertochter zu akzeptieren. Als Mann aus der Sudra-Kaste war es Wayan untersagt, um die Hand einer Brahmana-Frau anzuhalten. Großes Unheil drohte, würde er Telaga tatsächlich zur Frau nehmen. Luh Gumbreg glaubte an den Mythos der Brahmana-Frau, die als Surya, die Sonne, Licht in die Dunkelheit brachte. Was, wenn jemand die Sonne stehlen würde? Die Folgen waren nicht auszudenken.

»Wayan, wo hast du nur deinen Verstand gelassen? Du entwendest den Menschen, den du verehrst? Die Person, die wir eigentlich beschützen und der wir Respekt entgegenbringen müssen? Wir leben von der Griya-Familie. Sie unterstützt unsere Familie, damit wir immer genügend zu essen haben. Was habe ich bloß verbrochen, dass ich solch ein dummes Kind wie dich zur Welt bringen musste?«

»Wir sind ihnen nichts schuldig, Mutter. Wir arbeiten schließlich auch für sie.«

»Halt den Mund! Was weißt du schon über unsere Beziehung zur Griya-Familie? Was? Seit Jahrhunderten steht meine Familie in ihren Diensten. Und jetzt zerstörst du unser gutes Verhältnis. Überdenke das Ganze noch einmal! Überdenke es!« Luh Gumbregs Stimme war mittlerweile heiser geworden. Die Frau begann zu weinen.

»Ich weiß, Meme, das hier ist schwer für Sie. Aber Sie müssen auch versuchen, meine Gefühle zu verstehen. Und auch Wayans Gefühle.«

»Ich bin eine altmodische Frau, Telaga. Eine Frau vom Dorf. Ich kann diese Beziehung nicht gutheißen. Sie bedeutet Schande!« Zusammengesunken saß Luh Gumbreg auf einem Stuhl.

Luh Gumbreg sah die Schwierigkeiten, die auf ihr Leben zukamen, schon vor ihrem inneren Auge vorbeiziehen. Zum Gespött der Leute würde sie werden. Jeder ihrer Schritte würde von den Dorfbewohnern verfolgt werden. Sie war sich sicher, selbst wenn sie nur atmete, würden Augen da sein, die dies beobachteten.
Wie sehr schmerzte ihre Brust. Welchen Fehler hatte sie begangen, dass ihr geliebter Sohn vorhatte, in eine Katastrophe zu steuern, die immer weitere Kreise ziehen würde? Luh Gumbreg wagte gar nicht sich auszumalen, was Jero Kenanga zu ihr sagen würde. Sicherlich würde diese ständig wütende Frau sie mit ihrem Blick durchbohren. Hinzu kamen die Blicke der Sudra-Leute, die ihr Vorwürfe machen würden wegen all der Schande, die ihr Sohn über sie brachte. Gumbreg schloss ihre alten Augen. Sie war müde, sehr müde.
»Ich bin nicht bereit, in meinem Handeln eine Sünde zu sehen. Diese Entscheidung ist eine von hunderten, ja sogar tausenden, die ich in meinem Leben treffen werde. Doch für mich ist sie die wichtigste von allen. Gleichzeitig ist sie auch die Entscheidung, für die ich am teuersten bezahlen muss. Seit langem schon mache ich mir Gedanken über die Folgen, die sie nach sich ziehen wird. Ich weiß auch in etwa, was aus der Beziehung zwischen unserer Familie und den Griya-Leuten werden wird. Telaga und ich werden alle Probleme nach und nach lösen.«
»Kannst du nicht noch einmal über alles nachdenken?«, fragte Luh Gumbreg mit seltsam zittriger Stimme.

»Nein!«, sprach Wayan mit seinerseits fester Stimme. Er nahm die Hand der alten Frau, die langsam runzlig wurde. »Dies ist die wichtigste Entscheidung in meinem Leben. Seit Jahren versuche ich meine Gefühle für Telaga zu verleugnen. Meine Zeit in Japan habe ich auch noch einmal dazu genutzt, um über alles nachzudenken. Doch in der Ferne fühlte ich mich ihr nur noch näher.«

»Du kannst dir jede Frau nehmen, die du möchtest, Wayan. Aber bitte nicht Dayu Telaga.«

»Ich kann nicht anders, Meme.«

»Ich hoffe, Sie können uns verstehen. Haben Sie keine Angst. Ich bin dazu in der Lage, in Ihrer Familie zu leben und mich ihr anzupassen.«

Luh Sadri hatte die ganze Zeit über kein Wort gesagt. Ihre Gedanken waren von Glück erfüllt. Bestimmt würde Telaga all ihre Kleider, diese wertvollen Sarongs und auch ihren Schmuck mit in die Familie bringen. »Ich werde mich schmücken können wie Telaga«, dachte Luh Sadri. Sie war davon überzeugt, dass Putu Sarma, der bestaussehende junge Mann aus dem Nachbardorf, sie dann bewundern würde. Sadri plante, sich genauso zurechtzumachen wie Telaga. Sie wusste, Putu Sarmas Aufmerksamkeit zu fesseln, bedeutete harte Arbeit. Denn in der heutigen Zeit wimmelte es nur so von hübschen Frauen. Natürlich hatte Sadri bemerkt, dass viele dieser Frauen in Wahrheit gar nicht schön waren. Geschicktes Schminken und Bemalen des Gesichtes ließen eine Frau ganz anderes aussehen. Selbst die Augenbrauen konnte man sich tätowieren lassen.

Luh Kendran, die gerade die Modeschule abgeschlossen hatte, hatte sich sogar die Lippen und das Kinn operieren lassen. Kendran war zu einer richtigen Puppe geworden. Doch leider konnte sie ihr neues Aussehen nicht in der brennenden Sonne genießen. Diese Schönheit war nur etwas für reiche Leute.

Einmal hatte Sadri Kendran eingeladen, mittags mit ihr eine Joged Bumbung-Aufführung zu besuchen. Die Freundin hatte zugesagt. Doch in dem Moment, als die Sonnenstrahlen auf Kendrans Haut trafen, schwollen Nase, Kinn und Lippen der jungen Frau ganz plötzlich an und wurden rot. Sadri schüttelte sich vor Lachen beim Anblick ihres Gesichtes. Man hatte es wirklich nicht leicht als Frau.

»Ich kann mich nicht so lange in der Sonne aufhalten. Und zu kalte Luft vertrage ich auch nicht.«

»Warum hast du das nur aus dir gemacht, Kendran?«

»Ich möchte wie eine Stadtfrau aussehen.«

»Aber diese Frauen sind reich. Überallhin fahren sie mit dem Auto. Sie brauchen nur ein- und wieder auszusteigen. Du bist doch nicht wie sie.«

»Ich steuere aber genau in ihre Richtung. Und dazu benötige ich eben ein gewisses Kapital. Du wirst schon sehen, irgendwann werde ich ihnen ebenbürtig sein. Dann werde auch ich eine Frau sein, die an teuren Seminaren teilnimmt und das Geld ihres Mannes zum Fenster hinauswirft.«

»Du bist ja verrückt!«

»Jeder hat das Recht zu träumen. Ich bin es leid, arm zu sein, sehr leid.«

»Nur weil du wie eine Stadtfrau aussehen möchtest, hast du deine Nase, deinen Mund und dein Kinn verändern lassen?«
»Das war nur der erste Schritt.«
»Wie viele müssen denn noch folgen?«
»Viele.«
»Welche noch?«
»Ich werde zum Beispiel hart arbeiten.«
»Das ist ein guter Schritt«
»Ja, denn ich habe nicht viel Kapital.«
»Ich möchte mich gerne an deinen Plänen beteiligen.«
»Ach, Sadri dafür bist du viel zu naiv und gutgläubig. Um eine Stadtfrau werden zu können, musst du voller Berechnung sein. In jeder Minute befindest du dich im Krieg.«
»Das verstehe ich nicht.«
»Vielleicht wirst du es eines Tages verstehen.«
Kendran verschwand für lange Zeit. Erst nach zwei Jahren tauchte sie wieder auf. Wie sehr hatte sie sich doch verändert. Ihr Körper glich dem eines Models aus dem Fernsehen, und ihr Gesicht war noch schöner geworden. Auch war sie jetzt reich. Und das alles in nur zwei Jahren! Erstaunlich! Um zu einer wahren Stadtfrau zu werden, hatte Kendran sich für ein Permanent Make-up entschieden. Die Behandlung habe sehr wehgetan, erzählte sie. Doch dieser Schmerz war bedeutungslos.
»Ich kann mir jetzt alles kaufen, was ich möchte«, sagte sie. Kendran hatte begonnen zu rauchen. Der Lack auf ihren Nägeln schimmerte. Und ihre Haut wurde immer reiner. Kendran wirkte wie einer Werbung entsprungen.

»Was arbeitest du jetzt?«
»Ich mache Geschäfte.«
»So wie die Frauen im Fernsehen? Bist du etwa ein Star?«
»Ja, ein Star im Bett«, sagte Kendran.
Sadri verstummte. Plötzlich wollte sie nicht mehr wissen, wie Kendran ihr Geld verdiente.
Kendran bot ihr manchmal an, ihr langes Haar, das ihr bis zum Po reichte, frisieren zu lassen.
»Möchtest du deine Haare nicht abschneiden?«
»Nein.«
»Daran erkennt man, dass du eine Dorffrau bist.«
»Na und?«
»Sei nicht gleich beleidigt.«
»Ich bin niemals beleidigt. Ich akzeptiere alles, was du sagst.«
»Genau das mag ich an dir, Sadri. Du erinnerst mich an meine Vergangenheit.«
»Sprich nicht über die Vergangenheit. Es macht dich nur traurig.«
»Sie gehört aber zu meinem Leben.«
»Nur weil wir über meine Haare gesprochen haben, wirst du traurig. Weißt du, Kendran, ich würde mich nicht mehr wie eine Frau fühlen, wenn ich mein Haar so tragen würde wie du. Wenn ich es mir so kurz wie bei einem Mann schneiden lassen würde, könnte ich mir auch keinen Haarknoten mehr machen, wenn ich zum Tempel gehe. Mit diesen Haaren fühle ich mich wie eine richtige Frau.«
Kendran lachte, als sie Sadris Kommentar hörte. Sie lud Sadri in ihr Hotel ein.

»In solch einem luxuriösen Zimmer wohnst du?«
»Ja.«
»Über Jahre hinweg?«
»Ja.«
»Sicherlich bist du glücklich.«
Sadri ließ sich auf die Matratze fallen und inhalierte die wohlriechende Luft des Raumes. Aber Sadri roch noch ein anderes Aroma: Einen Geruch von Kälte und Leere. Ganz anders als die Atmosphäre in ihrem Zimmer zu Hause. Sadri mochte ihr eigenes kleines Reich, auch wenn der Boden aus Lehm war und es keine Zimmerdecke hatte. Bei jedem Regen kam es ihr vor, als saugten die Dachpfannen all das Wasser in sich auf. Der Geruch der nassen Dachpfannen machte Sadri wirklich glücklich.
Kendrans Zimmer war riesig. Im Bad gab es sogar eine richtige Wanne, so groß wie ein Babybett. Einen ganzen Tag lang wagte Sadri nicht, darin zu baden. Sie wusste nicht mit dieser modernen Ausstattung umzugehen. Erstaunlich. In nur zwei Jahren hatte Kendran sich zu einem ganz anderen Menschen gewandelt. Zu einer Stadtfrau, wie sie es ausdrückte.
»Du hast schöne Augenbrauen. Ich wundere mich, warum dein Puder und dein Makeup niemals verblassen. Kann ich ein wenig davon haben?«
»Möchtest du?«
»Ja.«
»Wir lassen es von einem Schönheitssalon machen.«
»Ich habe aber kein Geld.«
»Ich werde bezahlen.«

»Womit fahren wir dorthin?«
»Warte einfach hier. In fünf Minuten kommt jemand und wird dein Gesicht behandeln.«
»In fünf Minuten?«
»Ja.«
»Als Stadtfrau hat man es ziemlich leicht, oder?«
Kendran lächelte. Sie behielt Recht, nach nur fünf Minuten kam eine hübsche Frau und begrüßte Kendran respektvoll. Dann packte sie ihre ganzen Werkzeuge aus. Sadri erschauderte.
»Was hast du mit mir vor?«
»Es braucht eine Woche, um deine Brauen und dein Makeup so aussehen zu lassen wie bei mir.«
»Mit diesem Messer sollen meine Brauen verletzt werden?«
»Ja. Zunächst werden deine Augenbrauen vollständig ausgezupft, dann nachgezeichnet und zu guter Letzt wird deine Haut eingeritzt und mit Farbe gefüllt. Dies nennt man tätowieren.«
»Tut es weh?«
»Ein bisschen.«
»Ich möchte das nicht«, sagte Sadri ängstlich.
»Es tut nur ein klein wenig weh. Wer schön sein will, muss leiden.«
»Dann möchte ich lieber nicht schön sein.«
»Na, dann eben nicht.«
Kendran zückte ihren Geldbeutel und flüsterte der hübschen Frau etwas zu. Daraufhin verbeugte sich diese höflich vor Sadri und verließ den Raum mitsamt ihren schrecklichen Schönheitswerkzeugen.

Sadri schüttelte sich. Für ihre Schönheit waren Stadtfrauen tatsächlich zu allem bereit. Sie ließen ihre Gesichter zerstechen, zerschneiden und durchlöchern.

Sadri stieß beim Gedanken an Kendran einen tiefen Seufzer aus.
»Du hast die ganze Zeit kein Wort gesagt, Sadri. Möchtest du nichts dazu beitragen?« Luh Gumbregs Stimme holte sie zurück in die Gegenwart.
Sadri schwieg weiterhin. Wenn es nach ihr ginge, konnte Telaga gar nicht schnell genug Mitglied ihrer Familie werden. Immerhin wollte sie sich den Schmuck dieser Brahmana-Frau ausleihen. Auch wollte sie Telagas Sandalen anziehen, die diese häufig auf dem Weg zum Tempel trug. Sie wirkten so erlesen und luxuriös.
»Sadri!«, schrie die alte Frau.
»Ich habe nichts gegen diese Beziehung. Wayan hat Telaga doch immer schon geliebt.«
»Du bist genauso verrückt wie dein Bruder!«, schimpfend ging Luh Gumbreg ins Wohnzimmer und legte sich erschöpft auf eine Bambusliege.
Telaga folgte ihr ins Innere.
»Meme, wir haben geplant, in drei Tagen zu heiraten.«
Die alte Frau zeigte keine Reaktion. Sie drehte Telaga einfach den Rücken zu.
Diese aber fuhr unbeirrt fort: »Ich bin im fünften Monat schwanger, Meme.«
Abrupt drehte sich Luh Gumbreg wieder in ihre Richtung. »Telaga ...«

Sie blickte dem Mädchen tief in die Augen und versuchte zu ergründen, ob es die Wahrheit gesprochen hatte.
»Das sagst du nicht einfach so daher?«
»Ich meine es ernst«, antwortete Telaga.

Kapitel 15

Die Hochzeit wurde gehalten. Das Leben danach war ein völlig anderes. Es gab keine Diener mehr, die morgens Milch und Toast servierten. Von nun an bestand das Frühstück aus einem Glas Wasser. Wasser, das bereits am Vortag abgekocht worden war. Mit Tränen in den Augen nahm Telaga einen Schluck.

»Hier kann dir niemand dein Essen machen«, sagte ihre Schwiegermutter schroff.

»Das macht nichts, Meme. Ich muss das lernen. Es war schließlich meine eigene Entscheidung.«

»Zum Kochen musst du Brennholz benutzen.«

»Ich werde es versuchen.«

Telaga zündete das Feuer in der Kochstelle an. Rauch breitete sich in der Küche aus. Telagas lange Fingernägel wurden von einer schwarzen Schicht überzogen. Alles war schwarz, die Töpfe, das Dach, die Wände. Telaga erschrak.

»Nimm nicht zu viel Holz!«, schimpfte Luh Gumbreg. »Wofür brauchst du denn all das Holz?«

»Ich möchte Wasser kochen.«

»Das habe ich bereits getan. Die Thermoskanne ist noch halb voll.«

»Ich möchte Wasser zum Baden aufsetzen«, flüsterte Telaga kaum hörbar.

»Wie bitte?!«, fuhr die alte Frau sie an.

»Zum Baden, Meme.«

»Hyang Widhi! Weißt du eigentlich, dass dieses Holz hier einen ganzen Monat reichen muss? Wir brauchen es für so grundlegende Dinge wie zum Reis kochen und Jaje Uli frittieren. Ausschließlich dafür. Ich hatte doch gesagt, heirate keine Brahmana-Frau. Es bringt nur Probleme. Du kannst hier nicht leben. Du wirst es niemals können!«, resümierte Luh Gumbreg.

Telaga schwieg.

»Telaga, Telaga. An deiner Stelle hätte ich nicht so einen armen Mann wie Wayan geheiratet. Ich wäre schön zu Hause wohnen geblieben, würde mich immer hübsch machen und einkaufen bis zum Umfallen.« Sadri war in der Küchentür aufgetaucht und machte sich über Telagas Nervosität lustig. »Du hast doch noch nie eine Küche von innen gesehen. Und jetzt willst du kochen?«, lachte Sadri schallend.

Telaga wusste, dass Luh Sadri sie immer schon um ihre Schönheit beneidet hatte. Es war auch Eifersucht dabei, denn jedes Mal, wenn sie sich für einen Mann interessierte, schwärmte dieser von Telaga. Sadri wurde es nun nicht leid, sich über Telagas Heirat mit Wayan auszulassen.

»Wenn sich ein Mann mit einer Tochter aus reichem Hause verheiratet, sollte man annehmen, dass er ein glückliches Leben führt. Wayans Ehe wirkt auf mich eher unglücklich. Er ist immer noch auf den Verkauf seiner Bilder an-

gewiesen, um uns zwei Frauen versorgen zu können. Jetzt ist seine Last sogar noch größer geworden. Einer weiteren Frau muss er zu essen geben.« Sadri sprach betont laut.
Telaga spürte, dass ihre Anwesenheit bei den beiden Frauen des Hauses nicht erwünscht war. Sie glaubten, Telagas Einzug werde das Unglück anziehen. Hinzu kam, dass Telaga keinen einzigen Brillanten mitbrachte. Ihren gesamten Schmuck hatte sie im Griya zurückgelassen. Und auch ihre Kleidung hatte sie nicht mitgenommen, aus Angst, es bringe Unglück, wenn sie sich nicht von all ihren Sachen trennte. Sie gehörten Mutter und Großmutter. Bei der Eheschließung mit einem Mann aus der Brahmana-Kaste hätte ihre Familie ihr die Dinge als Mitgift überreicht. Da sie aber Wayan geheiratet hatte, war niemand aus der Griya-Familie erschienen und hatte sie mit Kleidern und Schmuck ausgestattet. Zumal sie sich auch nicht vorher von ihnen verabschiedet hatte.
Telaga heiratete ohne Eltern. Jetzt hatte sie nur noch Wayan. Sie vertraute ihm. Er würde sie sicherlich gut versorgen und immer Rücksicht auf ihre Gefühle nehmen.
Die Griya-Leute hatten ihre eigene Version, was den Grund für Telagas Heirat betraf. Sie erzählten, Telaga habe Wayan nur geheiratet, um die Beziehung zwischen ihrer Mutter und ihrem Großvater nicht mehr mit ansehen zu müssen. Weiterhin wussten sie zu berichten, Telaga habe oft beobachtet, wie ihr immer noch attraktiver Großvater aus dem Zimmer ihrer Mutter herauskam.
»Jahrelang hatte sie kein Mann mehr berührt. Ich denke nicht, dass man das aushalten kann. Schon gar nicht eine

Frau wie Jero Kenanga.« Es wurde immer reger über ihre Mutter gesprochen.
Telaga gewann den Eindruck, dass die Leute meinten, besser über sie und ihre Familie Bescheid zu wissen als sie selbst. Dabei hatten sie doch keine Ahnung davon, wie es in Telaga aussah, als sie nach ihrer Heirat die ersten Schritte als Sudra-Frau machen musste. Wayan konnte ihr nicht mehr als einen Kebaya und einen Sarong aus grobem Stoff kaufen. Telaga zwang sich wirklich dazu, auch das letzte ihrer Adelskostüme abzulegen. Dies alles tat sie aus Liebe. Für die Aufmerksamkeit und Zuneigung, die ihr nie zuvor ein anderer Mann geschenkt hatte.
Wayan war der erste Mann, der ihre Lippen berührte, ihren Körper streichelte und ganz erforschte. Nie geriet dieser Mann dabei auf den falschen Pfad.
Er lehrte sie die tiefere Bedeutung und die wahren Vergnügen der Beziehung zwischen Mann und Frau. War dies die Liebe, von der Großmutter gesprochen hatte, damals, als sie das Fest ihrer Frauwerdung feierten?
»Später einmal, wenn du auf den Kern der Liebe zwischen Mann und Frau triffst, wird dir schwindelig werden. Du wirst nicht einmal mehr den Weg nach Hause finden, wirst dich verlaufen. Doch gerade in den Momenten, in denen du dir dessen bewusst wirst, offenbart sich die Liebe in all ihrer Schönheit«, hatte Großmutter zu Telaga gesagt, als sie ihr ein Set strahlend schöner Brillanten als Geschenk überreichte.
»Trage sie. Sie sind für dich. Verwahre sie gut. Später einmal, wenn du dein Meer gefunden hast, dann segle hinaus.«

Hinaussegeln? Segelte sie etwa gerade? War es das, was Großmutter mit Meer gemeint hat? Wie gewaltig war doch der Ozean, den sie gewählt hatte. Jeden Tag hatte sie gegen die Wellen anzukämpfen. Es war so schwer, sich wieder dem Hafen zu nähern.

Schon fast einen ganzen Monat war Wayan nicht aus Jakarta zurückgekehrt. Zunächst hatte Telaga ihn in die Hauptstadt begleiten wollen. Doch ihre Schwangerschaft ließ keine Reisen zu. Sie stand kurz vor der Niederkunft. Abends, wenn das kleine Menschenkind zu strampeln begann, verzog Telaga vor Übelkeit das Gesicht. Der Frechdachs in ihrem Bauch musste sich wohl durchsetzen.

Oft sprach Telaga auch mit ihm. Und es war, als verstehe das Baby ihre Worte. Mit sanften Tritten reagierte es auf Telagas Stimme. Einmal schimpfte sie es liebevoll und gab ihm spielerisch einen Klaps. Kaum zu glauben, aber eine Woche lang wollte es weder treten noch überhaupt sich bewegen. Es war wohl eingeschnappt. Telaga hatte sich große Sorgen gemacht. Was, wenn etwas Unvorhergesehenes passiert war? Vielleicht lebte das Kind gar nicht mehr? Doch zum Glück konnte die Hebamme Kartika sie beruhigen. Sie empfahl Telaga, sich viel zu bewegen und jeden Morgen einen Spaziergang zu machen.

Am 30. September bekam Telaga ihre neue Puppe. Ein Mädchen erblickte das Licht der Welt. Seine Augen waren typisch balinesisch: rund und ausdrucksstark. Seine Glieder waren fein geschnitten. Sicherlich würde die Kleine eines Tages die beste Tänzerin werden und in den Tempeln auftreten.

»Sieh nur, Telaga, sie ist so wundervoll. Ihre Beinchen treten immer in mein Gesicht!«, rief Wayan. »Sie scheint mich nicht zu mögen.«
»Was du nur denkst.«
»Wirklich. Schau her! Jedes Mal, wenn ich ihre Bäckchen küsse, weint sie lauthals.«
Telaga lächelte. Sie streichelte Wayan liebevoll über das Haar.
»Nun haben wir also dieses neue Leben erschaffen, Hyang Widhi? Nennt man deshalb den Moment, in dem unsere Körper eins werden, ein neues Universum kreieren?«, flüsterte Telaga zu sich selbst.
»Ich wünsche mir, dass sie später eine begnadete Malerin wird!«
»Ja, ja, die tagelang nicht nach Hause kommt.«
»Und wenn sie nach Hause kommt, wird sie über und über mit Farbe beschmiert sein. Monatelang wird sie sich in ihrem Atelier verkriechen, um große Gemälde zu gebären. Sie wird eine großartige Frau werden. Vielleicht kann sie sogar Frida Kahlo übertreffen.«
Wayan betrachtete sein Kind liebevoll. All seine Hoffnungen setzte er in dieses Baby.
»Weißt du, Wayan, als deine kleine Malerin auf die Welt kam, war sie hungrig. Sie verlangte jedoch kein Essen, sondern nach einer Vaterfigur«, flüsterte Telaga Wayan ins Ohr.
Lachend umschlang Wayan Telagas Körper. Gemeinsam gaben sie sich einem neuen Universum hin.

Kapitel 16

»Immer wieder habe ich es euch gesagt. Es bringt Unglück, eine Ida Ayu zu heiraten. Das hier ist kein Märchen, sondern die Realität! Aber Wayan hatte es nicht glauben wollen. Nun ist mein Kind tot! Was soll ich jetzt noch sagen?« Luh Gumbreg schlug sich an die Brust, während sie Telaga in ohnmächtiger Wut anblickte.

»Komm dem Körper meines Sohnes bloß nicht zu nahe. Ich habe dich angefleht, Wayan nicht zu heiraten. Du aber musstest stur bleiben.« Luh Gumbregs Stimme überschlug sich fast.

In dieser Situation konnte Telaga nur ihre fünfjährige Tochter Sari in die Arme schließen. Die Kleine blitzte ihre Großmutter feindlich an.

»Hältst du etwa zu deiner Mutter, Sari?«, fragte Gumbreg in milderem Tonfall. Luh Sari schaute ihre Großmutter unvermindert an. Telaga hatte das Gefühl, das Mädchen versuche sie zu beschützen.

»Papa ist gestorben, weil er krank war. Wieso beschuldigst du Meme?«, schimpfte die Kleine.

»Sari, das verstehst du noch nicht. Jetzt bist du noch zu klein für derlei Wahrheiten«, erklang die tröstende Stimme Luh Sadris. Als sie ihre Nichte aus Telagas Zimmer führen wollte, wehrte sich Sari mit Händen und Füßen. »Ich will bei Meme bleiben«, schrie sie.

Telaga schwieg. Sie war zu müde, um noch zu weinen. Nie hätte sie gedacht, dass das Leben ihr so schnell ihren geliebten Partner entreißen würde. Den Mann, der ihr gezeigt hatte, was es bedeutete, eine Frau zu sein. Telaga war es unbegreiflich, dass Wayan, der so stark gewirkt hatte, in Wahrheit schwach gewesen war. Der Arzt sagte, Wayan habe seit seiner Kindheit einen Herzfehler gehabt.

Wayan starb in seinem Atelier. Telaga wusste nicht einmal genau, um wieviel Uhr es passiert war. Wenn sich ihr Mann der Malerei widmete, waren alle Bewohner des Hauses so rücksichtsvoll, ihn nicht dabei zu stören.

Die Farben hatten überall verstreut gelegen; mittendrin Wayans starrer Körper. Telaga war die Kaffeetasse aus der Hand geglitten. Sie hatte geschrien und gekreischt. Der Tod verlieh dem Mann etwas Zynisches.

Telaga erinnerte sich nicht daran, wer den Leichnam schließlich aus dem Studio getragen hatte. Man erzählte, sie sei fast zwei Tage lang nicht zur Besinnung gekommen. Es gab eine schlichte Ngaben-Zeremonie. Ein paar Leute aus der Griya-Familie nahmen daran teil, unter ihnen auch Großvater. Telaga beobachtete ihn ein Weilchen. Sie spürte, dass zwischen ihnen eine Annäherung möglich sein würde. Telaga wollte Großvater gerne erzählen, wie glücklich sie gewesen war. Denn gemeinsam mit diesem Mann aus der Sudra-Kaste hatte sie das Leben besser verstehen gelernt.

Telaga wusste, dass sie in Anwesenheit der Griya-Bewohner nicht unbesonnen handeln durfte. Sie gehörte nicht mehr zum gleichen Stand. Großvater würde zum Gespött der Leute werden; wenn er sich Telaga gegenüber gutmütig zeigte. Er würde den guten Namen seiner Familie beschmutzen, dem Ansehen des Griya Schaden zufügen, und noch viele weitere Probleme schaffen.

Nur sechs Jahre lang war es Telaga vergönnt gewesen, mit einem Mann das Leben zu teilen. Wayan war für sie Teil eines interessanten Spiels gewesen. Erst durch ihn hatte sie begriffen, dass es eine Phase gab, die noch schöner war als die ihrer Kindheit. Das Berühren eines Körpers, der sich von dem ihren unterschied, bereitete ihr ein Vergnügen, das sie beim Umgang mit einem Kinderspielzeug nicht zu empfinden vermocht hatte. Es war einfach unbeschreiblich schön, den Körper dieses Mannes in sich eintauchen zu lassen. Telaga hatte das Gefühl, als werde ihr ganzes Leben fortgespült. Doch wenn sie am Morgen erwachte, wartete bereits ein neues auf sie. Das Universum erweckte jedes einzelne ihrer Glieder wieder zum Leben.

Nach Wayans Tod geriet Telaga oft ins Grübeln. Was hatte sie sich von diesem selbstgewählten Leben erhofft? Nun wagte sie ihre Entscheidung zu hinterfragen.

Sie war sich bewusst, über kurz oder lang würde ihr Körper nach einem anderen verlangen. Doch Wayans Tod hinterließ eine tiefe Wunde, die ein anderer Mann nur schwer würde heilen können.

Außerdem würde es für sie nicht einfach werden, einen neuen Mann zu finden. Immerhin glaubten die Leute,

Wayan sei gestorben, weil er sie – eine Ida Ayu – geheiratet hatte!
Also tröstete Telaga sich mit sich allein. Ein Jahr. Zwei Jahre. Drei Jahre vergingen. Immer wieder versuchte Telaga, sich zu motivieren und ihren Hunger nach männlicher Nähe zu unterdrücken. Diesen schlimmsten aller Hunger, der ihr oft das Gefühl gab, jeden Moment platzen zu müssen. Hyang Widhi, was soll ich bloß tun? Kein Hungergefühl auf der Reise eines Menschenlebens konnte entsetzlicher sein.
In einer Nacht wälzte sie sich ruhelos in ihrem Bett. Ihr Körper verspürte heftige Stiche. Plötzlich wanderten ihre Gedanken zu ihrer Mutter. Die hatte ihren Mann verloren, als Telaga gerade einmal acht Jahre alt gewesen war. Telaga versuchte all ihre Erinnerungen vor sich auszubreiten und sie anschließend zu sortieren. Sie wollte herausfinden, wie Mutter sich in dieser Situation verhalten hatte. Hatte sie nicht das Bedürfnis verspürt, berührt zu werden und auch selbst jemanden zu berühren? Stimmte es vielleicht doch, dass ihre Mutter eine intensivere Beziehung zu Großvater pflegte? Sollte wirklich etwas dran sein an dem Gerede der Leute, das Telaga zu Ohren gekommen war? War das möglich?
Zwar hatte Telaga einmal gesehen, wie Großvater Mutter umarmte, doch hatte er dies nicht versteckt getan. Zudem hatten sich die beiden kurz zuvor gestritten und gerade erst wieder vertragen.
Eines Tages, als Telaga Opfergaben darreichte, hörte sie, wie Bewohner des Griya tuschelten.

»Ich habe die beiden gemeinsam im Garten beobachtet. Sie säuberten die Beete und schauten sich dabei die ganze Zeit an. Das Paar machte auf mich einen sehr harmonischen Eindruck.«

Telaga schloss die Augen. Sie hatte keine Ahnung, ob die Geschichte stimmte. Und sie wollte es auch gar nicht wissen. Sie versuchte diesen Gedanken von sich zu schieben.

Die Nacht schritt weiter voran. Telagas innere Unruhe ließ sie keinen Schlaf finden. Der intensive Blick ihres Schwagers, Putu Sarma, drängte sich ihr auf. Der Mann, der genauso alt war wie Wayan, schaute sie oft mit stechendem Blick an. Er gab Telaga das Gefühl, attraktiv zu sein. Nach Wayans Tod war dieses Gefühl schwächer geworden. Unsicherheit überfiel sie, ob ihre weibliche Anziehungskraft vielleicht schon verblasste. Dank Sadris Ehemann wusste sie, dass sie am Leben war.

»Hyang Jagat, welch liederliches Gefühl ist das! Ich sollte mich schämen. Warum erfüllt es mich stattdessen mit Stolz, die Blicke eines jungen Mannes auf mir zu spüren?«

Oh, wie genoss Telaga diese Bewunderung.

»Du bist immer noch schön«, flüsterte Putu Sarma ihr zu, als sie sich zufällig in der Küche begegneten.

Telaga sagte nichts. Doch diesen Satz verwahrte sie. Sie war also immer noch schön, auch nachdem sie alles verloren hatte. Stimmte es, was Putu Sarma zu ihr gesagt hatte? Telaga begutachtete sich vor dem Spiegel, dann schmückte sie sich. Nun gut, sie sah noch ein wenig blass aus, aber das war unwichtig.

Kapitel 17

Luh Sadri war zu ihrem Mann ins Nachbardorf gezogen. Seit sie nicht mehr zu Hause wohnte, war Gumbreg umgänglicher geworden.

Telaga wunderte sich nur, warum Sadri so häufig zu Besuch kam und ihre Mutter um Geld anbettelte.

»Ich habe für diese Familie gearbeitet. Jetzt befinde ich mich in einer schwierigen Lage und brauche deine Hilfe. Ich weiß, als verheiratete Frau habe ich keine Rechte mehr in diesem Haus. Aber wirst du wirklich alles, das Grundstück, das Haus und unser gemeinsam aufgebautes Geschäft, Telaga vererben?«

»Wovon sprichst du eigentlich?«

»Wie bequem es dieses Weib doch hat. Bei ihrer Heirat hat sie nicht ein einziges Kleidungsstück mitgebracht und nun führt sie ein angenehmes Leben!«

»Wessen Leben soll angenehm sein?«

»Na Telagas. Sie kann sich sogar Schmuck leisten. Dabei stammt das ganze Geld von Wayan. Hättest du Wayan doch bloß von Anfang an verboten, diese Frau zu heiraten. Sicherlich besäße mein Bruder mittlerweile eine eigene Galerie in Ubud. Er wäre bestimmt nicht gestorben. Und unser aller Leben wäre anders verlaufen, Meme.«

»Deine Worte verletzen mich. Sie lassen mich meine Last noch schwerer ertragen. Als ich dich damals gefragt habe, wie du zu der Beziehung zwischen Telaga und Wayan stehst, hattest du keine eigene Einwände vorzubringen.«, sagte Luh Gumbreg aufgebracht.

Telaga, die das Gespräch zwischen Mutter und Tochter belauscht hatte, schauderte.

»Sadri, versuchst du immer noch, Gumbreg gegen mich aufzuwiegeln? Jetzt wegen 20 Hektar Land?«

Nach traditionellem Recht hatten verheiratete Frauen in ihrer Herkunftsfamilie keinerlei Erbanspruch. Wäre Sadri unverheiratet geblieben, hätte sie in der Rangfolge vor Telaga, ihrer Schwägerin, gestanden. Doch nun hatte sie sich offiziell gebunden.

»Meme, liebst du mich eigentlich?«, startete Sadri einen neuen Versuch.

»Ich liebe alle meine Kinder.«

»Du lügst!«

»Was ist los mit dir? Erst seit drei Monaten bist du verheiratet, und schon wirst du seltsam.«

»Du hast mich nie geliebt, sondern immer nur Wayan.«

»Du fantasierst.«

»Es ist die Wahrheit, Meme.«

»Du und Wayan wart immer das Wichtigste in meinem Leben. Ich liebe euch.«

»Als ich noch klein war, hast du Wayan immer mehr geschenkt als mir.«

»Wayan trug als Junge die größere Verantwortung. War er es nicht, der dieses Haus versorgt hat? Der uns zu essen gegeben hat? Er war es auch, der sich ein Bein für uns ausgerissen hat, damit unser Leben gesichert ist.«

»Ich habe auch gearbeitet! Frühmorgens war ich schon auf den Beinen und habe die Jaje Uli geschnitten. Gegen Mittag bin ich zum Markt gegangen. Nachmittags habe ich die Küchlein an unsere Kunden ausgeliefert. In einem riesigen Bambuskorb habe ich sie auf meinem Kopf getragen. Auch ich habe hart gearbeitet!«

»Worauf willst du eigentlich hinaus, Sadri?« Gumbreg begann misstrauisch zu werden.

»Hast du mich lieb?«

»Du bist mittlerweile eine Ehefrau. Verhalte dich nicht so kindisch!«

»Antworte mir, Meme.«

»Ich möchte nicht noch einmal auf diese Frage antworten. Ich bin deine Mutter, die Frau, die bis zu deiner Hochzeit für dich gesorgt hat, seitdem du in ihrem Leib herangewachsen bist. Ich kenne den Charakter meiner Kinder in- und auswendig«, sagte Gumbreg mit Nachdruck.

»Sei nicht wütend, Meme.«

»Sprich, worum geht es?«

»Ich bin nun dein einziges Kind. Ich habe einen armen Mann geheiratet. Aber ich liebe diesen Mann. Im Haus meiner Schwiegereltern kann ich einfach nicht leben. Sarma geht frühmorgens aus dem Haus und kommt erst kurz vor Mitternacht zurück. Ich halte es mit seiner Familie nicht aus.«

»Das war deine Entscheidung. Telaga hatte auch den Mut, Wayan zu heiraten. Und bis zum heutigen Tage erträgt sie es, in seinem bescheidenen Umfeld zu leben.«
Gumbregs Worte überraschten Telaga. Normalerweise lobte diese Frau sie nicht. Was war los mit ihr?
»Sie hat dich verhext. Pass auf, Meme. Du musst dich vorsehen. Adlige Frauen beherrschen die weiße und schwarze Magie. Sie können alle in ihren Bann ziehen, um ihre Ziele zu erreichen.«
»Stifte keinen Unfrieden!«
»Ich meine es ernst. Sei vorsichtig! Nicht, dass dich ihr Zauber schon zu beeinflussen beginnt«, flüsterte Sadri. Dann setzte sie ihr Klagen fort: »Meme, dieses eine Mal, hoffe ich, wirst du mir helfen. Sarmas Familienverhältnisse sind so chaotisch. Sein Vater hat sieben Frauen. Sie leben auf sehr engem Raum. Und er sucht sich immer wieder neue Frauen! Auch werden ständig neue Kinder geboren. Alle leben mit seiner Mutter unter einem Dach. Ich habe nicht mal ein eigenes Bett. Es ist einfach kein Platz. Meme, wenn du mir helfen möchtest, ich würde gerne wieder zu Hause einziehen.«
Telaga hielt die Luft an.
»Meme, fünf Hektar Land würden mir schon genügen. Hauptsache, das Grundstück läuft offiziell auf meinen Namen.« Sadri kniete nieder.
»Du bereitest mir wirklich immer nur Schwierigkeiten!«
»Als deine Tochter habe ich bisher nie etwas gefordert. Doch dieses eine Mal flehe ich dich an.«
Gumbreg schwieg einen Augenblick.

»Es ist schon spät. Ich möchte schlafen. Komme morgen in aller Frühe mit deinem Mann wieder!«
»Das ist unmöglich, Meme!«, entfuhr es Sadri.
»Warum?«
»Putu Sarma würde sein Gesicht verlieren.«
»Sein Gesicht verlieren?!«
»Ja, Meme.«
»Dieser elende Kerl hat immer noch seinen Stolz im Kopf?«
»Meme, sprich nicht so laut! Am Ende hört Telaga noch, worüber wir reden!«
»Na und? Von mir aus kann jeder erfahren, dass du einen Nichtsnutz geheiratet hast.«
»Meme!«
»Warum verteidigst du ihn noch?«
»Trotz allem ist Putu Sarma dein Schwiegersohn, Meme«, begann Sadri wieder zu nörgeln.
Gumbreg schwieg wieder. Dann spuckte sie mit aller Kraft auf den Boden.
»Immer wieder habe ich es mit Kerlen zu tun, die gar keine richtigen Männer sind!« Wütend stopfte sie sich ein Betelblatt in den Mund.
»Wovon sprichst du?«
»In meinem Leben gab es zwei Männer. Der erste Mann konnte mir nachts Befriedigung schenken. Der zweite Mann hatte Angst, zu seiner Liebe zu stehen, da er ein Adliger ist. Beide waren Feiglinge. Der erste brachte sich um, weil er es nicht ertrug, ein Leben in Armut zu führen. Der zweite zieht es weiterhin vor, allein zu leben.«

»Meme!«
»Du musst auch mal jemandem zuhören können! Es dreht sich nicht immer alles um dich.«
»Jetzt wirst du ungerecht«, flüsterte Sadri.
»Nun musste ich einen Schwiegersohn wie Sarma bekommen. Was ist das für ein Mann? Arm, aber nicht bereit, hart zu arbeiten. Ein Dickkopf. Zu selbstverliebt und um seine Selbstachtung besorgt, aber kein Verantwortungsgefühl.«
»Meme!«
»Schrei nicht so! Was weißt du überhaupt von dem Mann, mit dem du verheiratet bist? Vielleicht liebt er dich nicht einmal, sondern benutzt dich nur, um ein gesichertes Leben führen zu können!«
»Sag so etwas nicht!«
»Ich hasse arme Männer, die nur an der weiblichen Brust hängen!«
»Er bemüht sich doch, Meme. Schenke ihm ein wenig Vertrauen.«
»Jetzt kommst du jeden Tag nach Hause und jammerst mir etwas vor. Verlangst ein Erbe. Aber wenn ich dich auffordere, mit deinem verfluchten Mann vorbeizukommen, weigerst du dich. Du glaubst, den guten Namen dieses elenden Kerls schützen zu müssen. Was ist nur so besonders an ihm, dass du ihn so unendlich liebst?!«, fragte Luh Gumbreg. »Wieso sagst du nichts? Ich bin mir sicher, er kann dir nicht mehr geben als ein Dach über dem Kopf und Zufriedenheit im Bett!« Gumbregs Worte wurden immer herablassender.

»Meme.«
»Hör mir gut zu! Ich werde dir fünf Hektar Land geben, wenn du mit diesem Mann, den du geheiratet hast, zu mir kommst. Glaube ja nicht, dass ich dir auch nur einen Quadratzentimeter meines Grundstücks schenke, wenn er nicht bereit ist, mit mir zu reden. Ich möchte sehen, ob er ein richtiger Mann oder doch nur eine Memme ist. Dieses Land gehört mir. Allein durch meiner Hände Arbeit ist es in meinen Besitz gekommen. In dieses Stück Erde ist all mein Schweiß geflossen. Und jetzt geh nach Hause. Ich bin müde!« Gumbreg schaute Sadri an.
»Du hast dich verändert, Meme.«
»Genug jetzt! Sag nichts mehr!«
»Seit Telaga hier eingezogen ist, hat sich alles in diesem Haus verändert. Vielleicht liegt es daran, dass sie immer noch eine Ida Ayu ist. Sie hat sich noch nicht offiziell von ihren Ahnen verabschiedet. Kein Wunder, dass die Atmosphäre in diesem Haus so angespannt ist«, sprach Sadri im Flüsterton. Gumbreg riss die Augen weit auf und spuckte verächtlich auf den Boden. Betelreste klebten an ihren Zähnen.
In dieser Nacht konnte Telaga nicht schlafen. Das Gespräch ging ihr nicht aus dem Kopf.

Kapitel 18

»Ich möchte mit dir reden, Telaga!«

»Was gibt es, Meme?«

»Es geht um dich. Ich hoffe, du kannst verstehen, was mir Probleme bereitet.«

»Ich höre dir zu. Was auch immer du von mir verlangst, wenn es gut für uns ist, werde ich es tun.«

»Wahrscheinlich weißt du schon, worüber ich mit dir sprechen möchte.«

»Nein, das weiß ich nicht.«

»Wie lange lebst du schon mit mir unter einem Dach?«

»Bereits seit zehn Jahren.«

»Es ist viel passiert in dieser Zeit, nicht wahr?«

»Das ist ganz normal, Meme. Es zeigt, dass wir noch am Leben sind.«

»Ich möchte etwas Wichtiges mit dir besprechen. Es ist von großer Bedeutung für das Wohlergehen und den Frieden dieser Familie.«

»Ich verstehe nicht ganz.«

»Damals, als du meinen Sohn geheiratet hast, hast du dich nicht vom Griya verabschiedet. Du hast auch immer noch nicht die Patiwangi-Zeremonie vollzogen. Ich möchte,

dass du das nachholst. Für diese Familie!« Gumbregs Worte waren mehr ein Befehl als eine Bitte. Telaga schaute Gumbreg in der Hoffnung an, nur geträumt zu haben.
»Du meinst das wirklich ernst, Meme?«
»Ja!«
Telaga biss sich auf die Lippen. Sie widmete sich wieder dem Zerstampfen des Klebreises, aus dem später die Jaje Uli hergestellt wurden. Sie hoffte, der schwere Stampfer könne ihre Nervosität vertreiben. Telaga stampfte, bis ihr der Schweiß von der Stirn rann und die Sehnen ihrer zarten Hände immer stärker hervortraten. Doch es war der Schmerz, der ihr Gemüt schließlich zu beruhigen vermochte.
»Ich werde zum Markt gehen. Danach habe ich noch etwas mit dem Dorfoberhaupt zu besprechen. Denke in Ruhe über alles nach. Es ist für das Wohl unserer Familie. Auch für das deines Kind.«
Gumbreg verließ die Küche.
Telaga seufzte. Sie ließ den Schweiß weiter fließen, bis er ihren ganzen Körper bedeckte. Ihr Haar war zerzaust. Ohne dass sie es bemerkte, kullerte eine Träne über ihre Wange. Telaga biss sich wieder auf die Lippe.

Die Stille des Morgens erinnerte sie an Wayan. In solch einer Stimmung hatte er sie das erste Mal berührt und sie gelehrt, mit ihm eins zu werden.
»Du bist so wild.«
»Du hast angefangen«, hatte Telaga neckisch geantwortet, während sie ihn umarmte. Ihr hatte es nichts ausgemacht,

dass ihr Körper völlig unverhüllt war. Sie genoss es, in Wayans Gegenwart wieder Kind sein zu dürfen. Gerne ließ sie sich von seinem Körper wärmen. Dieser Mann entfachte ein Feuer in ihr.

Die Erinnerung an Wayan verblasste schlagartig, als sie spürte, wie sich ein männlicher Körper gegen sie presste. Telaga versuchte zu schreien, doch sie brachte keinen Ton hervor. Die Hände des Mannes waren zu stark. Sein Atem war der eines Tieres auf Beutezug. Seine Zunge glitt über Telagas Hals. Telaga hörte nicht auf, sich zu wehren. Doch je mehr Widerstand sie leistete, desto enger umschlang sie dieser Körper.

»Du siehst einfach immer gut aus, Dayu. Selbst harte Arbeit kann deiner Schönheit nichts anhaben. Ganz im Gegenteil, dein Körper ist jetzt noch schöner. Du wirkst natürlicher und ungeschliffener. Ich begehre dich. Schon damals, als ich dich auf der Bühne gesehen habe, wünschte ich mir, deinen Porzellankörper berühren zu dürfen. Nun hat sich dein Körper verändert. Er wirkt lebendiger. Dein Dasein als Sudra-Frau steht dir gut. Es macht dich noch vollkommener.«

»Sarma! Bist du verrückt geworden? Ich bin die Frau deines Schwagers!«, schrie Telaga.

Sarmas Lippen brachten sie zum Schweigen. Telagas Kebaya riss. Dieser Mann wusste den Körper einer Frau zu beherrschen. Telaga schimpfte still mit sich. Sie hasste sich für ihre Gefühle. Wie konnte sie nur die groben Berührungen Putu Sarmas genießen? Er war ihr Schwager!

»Hyang Iagat!«, platzte es aus Telaga heraus.
Sie schrie solange, bis Saris aufgeregte Stimme von draußen zu hören war: »Meme ... Meme!« Und sie kam immer näher.
Putu Sarma löste seine Umarmung. Nicht aber, ohne Telaga noch einmal kurz an sich zu drücken. Dann ließ er sich auf einen Stuhl fallen. Telaga richtete ihr Haar und rückte ihren Kebaya zurecht. Anschließend stellte sie die Töpfe, die überall verstreut lagen, zurück an ihren Platz.
»Was ist passiert, Meme?«
»Deine Mutter ist hingefallen. Warum kommst du heute früher nach Hause, Sari?«
»Bin krank«, war Saris einfache Erklärung. Sie umarmte Putu Sarma.
»Krank?«
»Ja.«
»Wo ist Tante Sadri?«
»Sie ist auf dem Markt.«
Putu hob die Kleine hoch.
»Lass mein Kind herunter!«, entfuhr es Telaga.
»Was ist denn los, Meme?« Sari blickte ihre Mutter fragend an. So aufbrausend kannte sie Telaga gar nicht. Normalerweise war es ihr doch egal, was Putu Sarma machte. Luh Sari mochte Putu Sarma. Sie hoffte sogar, später einen Partner wie ihn zu finden. Genauso lieb und gutaussehend sollte er sein. Was war heute nur in Mutter gefahren? Sari verstand es nicht. Doch wollte sie deren Gefühle nicht verletzen, und so kletterte sie langsam von Putu Sarmas Schoß herunter und flüsterte: »Mama hat

schlechte Laune. Vorhin hat sie sich mit Großmutter gestritten.«

Putu Sarma nickte verständnisvoll und küsste das Mädchen auf die Wange. Telaga protestierte abermals.

»Ich werde wiederkommen«, sagte Sarma und ging zur Tür.

»Komm doch öfter. Dann habe ich jemanden zum Spielen!«, rief Sari ihm nach. Telaga hielt ihr den Mund zu. Putu Sarma lächelte und warf Telaga einen frechen Blick zu.

»Sari, sag deiner Mutter, dass ich großen Respekt vor ihr habe. Ich würde ihrem Körper niemals ein Leid antun und ebensowenig ihre Gefühle verletzen!«

Luh Sari sah ihre Mutter fragend an. Erwachsene waren merkwürdig. Sie sagten immer Dinge, die Kinder nicht verstanden. Manchmal weinten sie auch heimlich, obwohl niemand mit ihnen geschimpft hatte.

»Wirklich seltsam, sehr seltsam«, murmelte Luh Sari.

Kapitel 19

»Welcher Teufel hat dich geritten, hierher zu kommen?«, ertönte eine wütende Stimme aus dem Inneren des Hauses.

»Kenanga! Telaga ist trotz allem deine Tochter.«

»Ich habe schon lange keine Tochter mehr, Ratu. Sie ist tot.«

»Kenanga!«

»Mein Kind lebt nicht mehr. Es kann unmöglich wieder zurückkommen«, sprach Mutter feindselig. Seit mehr als zehn Jahren hatte Telaga ihr altes Zuhause nicht mehr betreten. Als sie den ersten Schritt durch das Tor in den Griya tat, durchfuhr sie ein stechender Schmerz. Ihr Herz tat weh. Die eisigen Blicke der Bewohner taten ihr Übriges.

»Du wirkst dünner und ungepflegt«, empfing Großvater sie, doch seine Stimme klang nach wie vor freundlich.

»Ratu ...« Telaga war den Tränen nahe. Doch sie wollte beweisen, dass sie noch immer ihren Stolz hatte. Vor den Griya-Leuten würde sie keine Schwäche zeigen.

»Sprich mich nicht so förmlich an. Es ist nicht gesagt, dass ich etwas Besseres bin als du. Nun komm mal her!«

Der alte, immer noch attraktive Mann schloss Telaga in seine Arme.

»Ich habe meine Urenkelin getroffen. Sie ist ein niedlicher kleiner Naseweis. Genauso, wie du es als Kind gewesen bist. Sie sieht mich oft an. Und wenn sie mich begrüßt, hält sie ganz lange meine Hand gedrückt. Sie ahnt nicht, wer der Mann ist, der so häufig ihre Schule besucht und an die klugen Schüler Stipendien verteilt. Sie ist ein außergewöhnliches Mädchen, Telaga.«

»Es stimmt, Großvater, ich habe ihr noch nichts erzählt. Vielleicht später einmal. Meme sieht älter aus.«

»Jeden Tag verbringt sie ihre Zeit mit Häkeln. Das Haus verlässt sie höchstens ab und zu, um für die Zeremonien einzukaufen.«

»Sie ist nach wie vor schön.«

»Deine Mutter war schon immer eine schöne Frau. Ebenso, wie du es bist. Selbst dein ungepflegtes Äußeres tut deiner Schönheit keinen Abbruch. Du bist auch reifer geworden«, sagte Großvater mit warmer Stimme.

»Ich bin aus einem bestimmten Grund zum Griya gekommen.«

»Mache dir keine Sorgen, ich habe bereits mit dem Schulleiter deiner Tochter gesprochen. Das Stipendium für Luh Sari wird dreimal so hoch ausfallen wie bei den anderen Schülern.«

»Darum geht es nicht.«

»Was gibt es dann?«

Telaga erzählte, dass sie sich von den Ahnen des Griya verabschieden müsse, da sie nicht mehr Teil dieser Familie sei.

»Ich weiß, es wird nicht einfach werden. Denn hier geht es auch um deinen Stolz und den guten Namen dieses Griya. Wenn du mich gewähren lässt, statuierst du unfreiwillig ein Exempel. Andere Ida Ayus könnten es mir gleichtun und sich auch mit Sudra-Männern verheiraten. Es wäre eine Schande für sie!«

»Seit langem versuche ich zu verstehen, was es überhaupt bedeutet, den guten Namen von jemandem zu wahren. Was verlangt deine Schwiegermutter außerdem?«

»Sie möchte, dass ich die Patiwangi-Zeremonie vollziehe, genauso, wie ein Balian es ihr beschrieben hat. Vorher wird es keinen Frieden geben. Man sieht in mir jemanden, der Unheil anzieht. Einen Unglücksbringer!«

»Bist du unglücklich, Telaga?«

»Frag mich das nicht, Großvater. Man kann sich nur schwer ein Bild davon machen, was Glück bedeutet. Man kann es auch nicht in Worten beschreiben. Manchmal kann uns etwas völlig bedeutungsloses inneren Frieden schenken. Und dann, nur wenige Sekunden später, wird es einem wieder entrissen. Ich weiß nicht, wie sich dieses sogenannte Glück eigentlich anfühlt. Man muss zu teuer dafür bezahlen.«

»Sag so etwas nicht.«

»Ich wäre dir sehr dankbar, wenn du Verständnis für mich aufbringen könntest.«

Kapitel 20

Die Opfergaben lagen bereits vollzählig vor dem Haustempel. Niemand aus der Griya-Familie war da, um der Zeremonie beizuwohnen. Telaga war auf sich allein gestellt. Begleitet wurde sie nur von ihrer Tochter Luh Sari, der sie zuvor ausführlich erklärt hatte, wie sie sich zu verhalten hatte.

»Jede Person, die dir im Griya begegnet, musst du mit Ratu ansprechen.«

»Warum?«

»Frag nicht so viel!«

»Meme, du wirst schon wieder laut.«

»Dies hier ist kein Spiel, sondern mein voller Ernst. Dieses Mal bitte ich dich um deine Mithilfe. Folge meinen Anweisungen.«

»Alle Leute im Griya soll ich mit Ratu anreden«, wiederholte Sari leise. »Wenn du mit mir kommen möchtest, musst du auf das hören, was ich dir sage.«

»Ja.«

»Versprichst du es?«

»Ja!«, rief Luh Sari. Telaga lächelte und strich ihrer Tochter zärtlich über die Wange.

Niemand hielt sich draußen auf. Der Griya wirkte wie ausgestorben.

»Es ist so still hier«, flüsterte Sari. »Schau mal, Meme, dort hinten an der Eingangstür sitzt Großmutter.«

»Sari! Wie sollst du sie nennen?«, ermahnte Telaga sie mit strafendem Blick. Diese alte Frau, die sich so gerne im Ruhm ihrer Wiedergeburt als Ida Ayu sonnte, war eine der Respektspersonen des Griya. Beim Anblick Telagas schienen ihre Augen verächtlich zu sprühen. Diese aber kümmerte sich nicht darum. Telaga wollte sich auf den eigentlichen Grund ihres Besuches konzentrieren. Zum Griya war sie gekommen, um mit ihren Vorfahren in Kontakt zu treten und sie dafür um Verständnis zu bitten, dass sie nicht mehr Teil dieser Familie war.

»Meme, das ist der Mann, der mir so oft Geschenke macht«, wisperte Sari, als auf einmal Ida Bagus Tugur in traditioneller Tracht erschien, um seiner Enkelin bei dem Ritual zuzuschauen. Telaga setzte sich und versuchte all ihre Konzentration zu sammeln. Die verschiedensten Opfergaben hatte man lieblos auf dem Boden verstreut. Weihrauch, Reisschnaps und Blumen bildeten einen unübersichtlichen Haufen. Telaga kaufte sich zunächst von ihrer Geburt frei.

Doch eine weitere Zeremonie musste folgen, um zu einer richtigen Sudra-Frau zu werden. Patiwangi. Pati bedeutet «sterben«, Wangi »Duft«. Nun musste Telaga den Titel Ida Ayu, den ihr das Leben einst verliehen hatte, töten. Sie war seiner nicht mehr würdig, und er brachte den Menschen in ihrem Umfeld nur Unglück.

Gleich würde die alte Luh Gumbreg ihren nackten Fuß auf Telagas Kopf stellen. Wie sehr hatte Telaga gehofft, ihre Mutter würde diesen Part übernehmen. Nie hatte Jero Kenanga aufgehört, sie als Adlige zu respektieren. Telaga wollte nicht, dass eine andere Frau als sie über ihren Körper schritt und ihn zwang, seine adlige Haut abzustreifen, um Telagas Status zu erniedrigen. Sie versuchte, ihrer Nervosität Herr zu werden.
»Sari, warte bitte im Tempel auf mich! Ich möchte mit dem Mann sprechen«, bat Telaga Sari leise.
»Ich möchte aber mitkommen.«
»Nein, du gehst mit Großmutter zum Tempel«, sagte Telaga ruhig.
Luh Sari stapfte nörgelnd aus dem Griya. Als sie in der Nähe des Ausgangs einem Gärtner über den Weg lief, rief sie: »Ich verabschiede mich, Ratu!« Der Gärtner war sehr überrascht und nickte ihr respektvoll zu. Ida Bagus Tugur beobachtete das falsche Benehmen seiner Urenkelin lächelnd.
»Sieh nur, Telaga, sie ist wirklich eine von uns. Der Gärtner ist ein Sudra. Es ist ihm sicherlich unangenehm, mit Ratu angesprochen zu werden.« Der alte Mann lachte lauthals. Dann aber murmelte er nachdenklich: »Es wird Zeit, dass sich etwas ändert.«
»Ich würde gerne Meme sehen.«
»Versuche, mit ihr zu sprechen.«
Telaga ging ins Innere des Hauses, wo sie von den Dienern auch nach all den Jahren noch ehrerbietig begrüßt wurde. Sie klopfte an Kenangas Zimmertür.

»Meme, ich bin es. Heute habe ich mich von meinen Vorfahren verabschiedet. Und heute werde ich auch den Namen Ida Ayu ablegen. Ich werde zu einer richtigen Sudra-Frau. Meme, bitte rede mit mir!« Es kam keine Antwort. Ihre Mutter war wirklich ein Dickkopf.

Doch Telaga gab nicht auf. Sie konnte sich nicht vorstellen, eine Frau auf ihren Kopf treten zu lassen. Erst recht nicht, wenn diese Frau ihrer nicht würdig war. Luh Gumbreg hatte ihr das Leben zur Hölle gemacht und immer nur verletzende Worte für sie gefunden. Immer hatte sie so getan, als sei sie etwas Besseres. Telaga hatte lernen müssen, dass es unter den Sudra-Leuten ein Statusdenken gab, das noch angsteinflößender sein konnte als das in ihrer eigenen Kaste.

»Meme, ich möchte mich verabschieden. Ich weiß, du kannst mich hören.«

Immer noch kam von drinnen keine Antwort. Aber etwas rutschte mit aller Wucht über den blanken Boden und verletzte Telaga fast am Fuß. Der in ein weißes Tuch gehüllte Gegenstand war unter der Tür hindurch geschoben worden. Telaga hob das Ding auf, um es auszuwickeln. Ein seltsames Vibrieren ging von dem Bündel aus. Es war eine Haarnadel!

»Sie ist für dich.« Das waren die einzigen Worte, die Telaga hörte.

»Danke, Meme. Du musst wissen, ich habe es nicht bereut, Wayans Ehefrau geworden zu sein. Ich bedauere nur, dass einige Leute sich für adliger halten als die Adligen selbst.« Telaga entfernte sich.

»Ich möchte mich verabschieden, Großvater.« Telaga umarmte den alten Mann.
»Du bist eine außergewöhnliche Frau. Ich bin stolz darauf, dich zu haben!« Ida Bagus Tugur tätschelte Telagas Wange. Die Luft im Tempel prickelte vor nervöser Spannung. Alle Opfergaben waren vor Telaga ausgebreitet und ein Wasserbad vorbereitet. Ihre Schwiegermutter saß auf einer Bambusbank. Das Tageslicht wurde von der Dunkelheit abgelöst. Das intensive Aroma der Blätter des Bayan-Baumes stieg Telaga in die Nase. Telaga zog sich aus und verhüllte ihren Körper mit einem Tuch, das ihr bis über die Brust reichte. Ein Priester sprach Mantras. Die alte Frau hatte ihre Füße rechts und links von Telagas Scheitel platziert. Wasser und Blumen vereinten sich. Telaga hatte das Gefühl, dieses Mal war ihr das Wasser nicht freundlich gesonnen. Es stach in ihren Körper. Die Blumen bohrten sich immer tiefer in die Wunden. Eine Zeremonie musste vollzogen werden, für den Frieden ihrer Familie. Für Luh Sari. Telaga war es leid, als Ursache aller Katastrophen und allen Unheils in Gumbregs Familie angesehen zu werden. Das Wasser begann, ihren Körper zu malträtieren: Hunderte von scharfen Spitzen schienen sie zu durchbohren. Telaga zitterte.
»Ich habe niemals um die Rolle als Ida Ayu Telaga Pidada gebeten. Sollte mich das Leben weiterhin zwingen, diese Rolle zu spielen, so müsste ich eine gute Schauspielerin werden. Doch das Leben muss die Verantwortung für meine glänzende Darbietung der Telaga übernehmen«, murmelte sie.

Sie ließ zu, dass ihre Schwiegermutter sich die Füße über ihrem Kopf wusch, um sie in eine neue Frau zu verwandeln. Eine Sudra!

Glossar

Adat-Recht: Aus dem Arabischen stammender Begriff. Gewohnheitsrecht oder auch ungeschriebenes Gesetz, welches neben dem offiziellen staatlichen Rechtssystem existiert. In den unterschiedlichen Volksgruppen Indonesiens spielt das Adat-Recht bis heute eine große Rolle.
Aji: Höfliche Anrede für »Vater« (Brahmana).

Brahmana: Name für die oberste Kaste der balinesischen Gesellschaftsstruktur, häufig werden auch die Mitglieder dieser Kaste als Brahmana bezeichnet.

Champaca-Blüte: Gelbe Baumblüte. Botanischer Name: Michelia Champaca.

Denpasar: Hauptstadt von Bali.
Dayu: Kurzform von Ida Ayu.

Gamelan: Orchester mit bronzenen oder Bambus-Schlaginstrumenten.
Griya: Wohnort der Angehörigen eines Brahmana-Clans. Er umfasst neben den Wohnhäusern auch die Tempel der Familie.

Hyang Widhi: Der einzige und allmächtige Gott. Alle hinduistischen Götter, so sagt man auf Bali, sind nur eine Manifestation von Hyang Widhi.

Ida Ayu: Titel, der von allen weiblichen Mitgliedern der Brahmana-Kaste getragen wird.

Ida Bagus: Titel, der von allen männlichen Mitgliedern der Brahmana-Kaste getragen wird.

Joged: Unterhaltungstanz; wird von einer einzelnen Tänzerin getanzt.

Joged Bumbung: Einziger Gesellschaftstanz auf Bali. Eine mit Fächer ausgestattete Tänzerin animiert junge Männer zum Mittanzen.

Kain: Tuch oder auch Sarong, traditionelles Kleidungsstück, von Männern wie von Frauen anstelle einer Hose oder eines Rockes getragen.

Kebaya: Traditionelles Kleidungsstück; blusenartiges Oberteil.

Keraton: Fürstenpalast.

Kumbasari: Markt in der balinesischen Hauptstadt Denpasar.

Legong Keraton: Ein an balinesischen Fürstenhöfen entstandener Tanz. Erzählt wird die Geschichte einer Prinzessin, die sich verirrt und schließlich von einem König aufgenommen wird. Den Annäherungsversuchen des Herrschers widersetzt sich die Prinzessin erfolgreich.

Luh: Namenszusatz bzw. Anrede für Frauen aus der Sudra-Schicht.

Meme: Eigentlich »Mutter«, häufig auch als Anrede gebraucht.

Menek-Kelih (Zeremonie): Geschlechtsreifezeremonie innerhalb der Bramana-Kaste. Nach dieser Feier werden die jungen Männer und Frauen als Erwachsene angesehen. Bei Mädchen wird der Zeitpunkt der Zeremonie von der ersten Regelblutung abhängig gemacht.

Metajen: Der Hahnenkampf ist in Bali traditioneller Volkssport. Zwei Hähne treten gegeneinander an. Oft werden an ihren Füßen scharfe Klingen befestigt. Offiziell verboten, verwetten auch heute noch Männer ihr ganzes Hab und Gut bei diesem Wettbewerb.

Odah: Großmutter (Sudra).

Oleg: Im Rahmen der Legong-Aufführung dargebotener Tanz; ein Tänzer und eine Tänzerin stellen ein im Garten flirtendes Hummelpärchen dar.

PKI: Abkürzung von Partai Komunis Indonesia (Kommunistische Partei Indonesiens); wurde nach dem angeblich von den Kommunisten angezettelten Putschversuch im Jahr 1965 in Indonesien verboten.

Pragina: Außergewöhnlich begabte, berühmte Tänzerin.

Pralaya: Im Hinduismus der Weltuntergang oder ein großes Unheil.

Prinzessin Kunti: Im indischen Mahabharata-Epos eine der beiden Frauen von König Pandu. Während ihrer Ehe mit Pandu schenkt Prinzessin Kunti drei Söhnen das Leben, deren Väter jedoch allesamt Götter sind. Die Söhne Yudhisthira, Arjuna und Bhima gehören zu den Heldengestalten des Mahabharata-Epos.

Raja: Aus dem Sanskrit stammender Begriff für König. Auf Bali gab es mitunter zwölf Herrscher gleichzeitig. Heute ist Bali in acht Verwaltungsbezirke aufgeteilt, die denen bis zum Jahre 1949 bestehenden Königreichen entsprechen. Die balinesischen Rajas nehmen nun führende Positionen in Politik und Wirtschaft ein. Besondere Macht üben sie in religiösen Fragen und dem Adat-Recht aus.

Ratu: Höfliche Anrede für Männer von hohem Adel, wörtlich »König«, »Königin«.

salah pati: Ein Mensch stirbt salah pati, wenn er vor dem für ihn von Gott bzw. den Göttern vorbestimmten Zeitpunkt eines unnatürlichen Todes (z.B. nach einem Unfall, durch Selbstmord oder eine Naturkatastrophe) stirbt.

Sang Hyang Hidup: Hier wird das Leben als göttliches Wesen personifiziert.

Sekehe Arja: Tanzgruppe, die Geschichten, insbesondere Hindu-Epen, tänzerisch darstellt.

Sisia: Personen aus der Sudra-Kaste, die einem Griya-Clan treu ergeben sind und diesem hingebungsvoll dienen.

Sudra: Niedrigste Schicht bzw. Kaste in der balinesischen Gesellschaft.

Taksu: Göttliche Inspiration, die nur Auserwählten verliehen wird.

Tugeg: Angehörige einer niedrigeren Kaste sprechen Kinder aus der Brahmana-Kaste mit Tugeg an.

Warung: Imbiss-Stand oder auch kleines, einfach eingerichtetes Restaurant, in dem eine Vielzahl indonesischer Köstlichkeiten zubereitet und angeboten wird.

Warung Kopi: Kaffeestand, Café

BACKLIST

Monika Arnez (Hg.)
DUFT DER ASCHE
Literarische Stimmen indonesischer Frauen
Übersetzt von Monika Arnez und Edwin Wieringa
124 Seiten, Broschur
ISBN: 978-3-89502-269-2
12,90 Euro

Leila Chudori
DIE LETZTE NACHT
Erzählungen
Übersetzt von Beate Carle
208 Seiten, Klappenbroschur
ISBN: 978-3-92790-581-8
7,00 Euro

Mochtar Lubis
STRASSE OHNE ENDE
Übersetzt von Diethelm Hofstra
192 Seiten,
Hardcover mit Schutzumschlag
ISBN: 978-3-89502-038-4
7,00 Euro

Mochtar Lubis
TIGER! TIGER!
Übersetzt von Diethelm Hofstra
229 Seiten,
Hardcover mit Schutzumschlag
ISBN: 978-3-927905-55-9
7,00 Euro

Armijn Pane
IN FESSELN
Übersetzt von Renate und Hansheinrich Lödel
160 Seiten,
Hardcover mit Schutzumschlag
ISBN: 978-3-92790-564-1
7,00 Euro

Pramoedya Ananta Toer
DIE BRAUT DES BENDORO
Übersetzt von Diethelm Hofstra
260 Seiten, Broschur
ISBN: 978-3-89502-125-1
14,90 Euro

Pramoedya Ananta Toer
DIE FAMILIE DER PARTISANEN
Übersetzt von Diethelm Hofstra
210 Seiten,
Hardcover mit Schutzumschlag
ISBN: 978-3-89502-056-8
7,00 Euro

Ahmad Tohari
DIE TÄNZERIN VON DUKUH PARUK
Übersetzt von Giok Hiang Gornik
172 Seiten,
Hardcover mit Schutzumschlag
ISBN: 978-3-89502-029-2
7,00 Euro

Ahmad Tohari
KOMET IN DER DÄMMERUNG
Übersetzt von Giok Hiang Gornik
214 Seiten,
Hardcover mit Schutzumschlag
ISBN: 978-3-89502-057-5
7,00 Euro

Ayu Utami
Saman
Roman
Übersetzt von Peter Sternagel
264 Seiten, Taschenbuch
11,90 Euro (D)
ISBN: 978-3-89502-395-8

Südwind Magazin, 07/2008: »Die Geschichte vom Titelhelden Saman ist derart packend geschrieben, dass sich dem manchmal geradezu mythischen Bann der Ereignisse wohl niemand entziehen kann. ... Das Buch verdient es, von möglichst vielen Menschen gelesen zu werden.«

HORLEMANN

Ayu Utami
Larung
Roman
Übersetzt von Peter Sternagel
328 Seiten, Hardcover mit Schutzumschlag
19,90 Euro (D)
ISBN: 978-3-89502-393-4

»Larung« ist ein Bilderbogen von Geschichten über die ungleichen Paare Saman und Yasmin, Sihar und Laila und ihre Beziehung zu dem Titelhelden Larung. Dabei gelangen alle die Themen ins Blickfeld, die die gesellschaftlichen und politischen Verhältnisse Indonesiens unter dem Regime Suhartos prägten.

HORLEMANN

Linda Christanty
Schreib ja nicht, dass wir Terroristen sind!
Essays zu Politik, Gender und Islam von Banda Aceh bis Berlin
Übersetzt von Gunnar Stange
192 Seiten, Klappenbroschur
16,90 Euro (D)
ISBN: 978-3-89502-392-7

Dieses Buch bietet einen kritischen und mutigen Journalismus mit einer provozierenden Erzählweise, die im Donnergetöse der Medienwelt hoffentlich nicht verhallen wird.